L'EMPIRE DU MAL

Ce livre est une fiction. Toute référence à des évènements historiques, des personnages ou des lieux réels serait utilisée de façon fictive. Les autres noms, personnages, lieux et évènements sont issus de l'imagination de l'auteur, et toute ressemblance avec des personnages vivants ou ayant existé serait totalement fortuite.

Collection New Romance® créée par Hugues de Saint Vincent,
dirigée par Arthur de Saint Vincent
Ouvrage dirigé par Bénita Rolland
Traduit par Caroline de Hugo

Pour la présente édition

Collection Hugo poche dirigée par Franck Spengler
34/36, rue la Pérouse
75116 - Paris
www.hugoetcie.fr

ISBN : 9782755648393
Dépôt légal : décembre 2020
Imprimé en Espagne par Liberduplex

MEGHAN MARCH

L'EMPIRE DU MAL

Traduit de l'anglais par Caroline de Hugo

MOUNT SERIE
TOME III

Hugo Poche

NEW ROMANCE®

Ce qui m'appartient, je le garde, et cela inclut Keira Kilgore.

Cela ne me suffit plus qu'elle ait une dette envers moi. Cela ne me suffit plus de posséder son corps.

J'en veux encore plus.

Elle peut vouloir résister, je ne la lâcherai jamais.

Rien ne pourra nous séparer.

Ni elle. Ni mes ennemis. Personne.

Sa dette ne pourra être acquittée que d'une seule façon. Avec son cœur.

CHAPITRE 1

MOUNT

Vingt-huit ans plus tôt

– Espèce de petit merdeux ! Reviens ici ! Pour la peine, je vais te faire foutre en taule.

J'ai fendu la foule en bousculant les touristes et en zigzaguant afin de semer l'homme qui me poursuivait. Quel gâchis, je ne pouvais même plus mettre à profit leur distraction pour leur piquer leurs portefeuilles bien garnis ni leurs belles montres.

Tout ça parce que j'avais eu envie d'une putain de barre chocolatée de Snickers pour calmer un peu mon estomac qui criait famine. Être un môme des rues à La Nouvelle-Orléans était tout sauf un job d'enfant de chœur. Le côté sombre de cette ville vous dévorait et vous recrachait en moins de temps qu'il n'en faut pour le dire.

Ne vous faites pas d'amis, faites-vous des alliés. Mais ne leur faites plus confiance dès que vous les perdez de vue.

– Je te vois, môme ! Les flics arrivent ! Cette fois, tu es fait !

Ernie, l'espèce d'abruti propriétaire d'une supérette, possédait le rayon sucreries le plus facile à chaparder du Vieux Carré. Cette fois-ci, il était bien décidé à me balancer. Mais il fallait d'abord qu'il m'attrape.

Cela faisait trois ans que je vivais dans la rue. Personne ne connaissait mieux la ville que moi. Je me suis glissé à travers la foule, j'ai tourné dans une ruelle et je me suis faufilé entre les deux poteaux métalliques d'une barrière en fer forgé. Le gros cul d'Ernie ne pourrait jamais passer par là. J'ai couru le long d'un trottoir en briques jusqu'à un portail métallique. Fermé à clé. Ce n'était pas un problème pour moi. J'ai grimpé comme un singe et j'ai atterri sur mes deux pieds de l'autre côté du pâté de maisons. Ce connard ne me retrouverait jamais.

J'ai plongé les mains dans mes poches et j'en ai sorti les portefeuilles que j'avais chourés avant de tomber sur Ernie. Il fallait que je m'en débarrasse, si jamais je me faisais pincer. J'ai regardé autour de moi avant de me retourner et d'en ouvrir un. J'en ai sorti deux billets de vingt. Pas mal. J'ai jeté un coup d'œil à la carte d'identité qu'il contenait avant de jeter le portefeuille à travers la grille des égouts dans le caniveau. *Rocky Mount.* Ça sonnait comme un nom de gros naze. Qui pouvait bien appeler son môme comme ça ? Dès que cette pensée m'a traversé l'esprit, je l'ai repoussée. Au moins, ils s'étaient donné la peine de filer un nom à leur môme. J'ai ouvert le second portefeuille dans lequel j'ai découvert cent dollars. Je pourrais vivre quelques mois avec ça, à condition de faire attention, ou si je voulais prendre des risques, je pouvais peut-être doubler la somme. J'ai regardé la deuxième carte d'identité. *Lachlan Thorpe*. C'était mieux que Rocky Mount. Enfin, un peu mieux. J'ai balancé le deuxième portefeuille dans les égouts et j'ai ouvert le Snickers, puis j'ai fourré tout le truc d'un seul coup dans ma bouche pour me débarrasser du reste des preuves en mâchant bien fort, même si ça collait à mes dents. Mon estomac, lui, collait à ma colonne vertébrale, comme s'il était en manque. En général, je m'efforçais de ne pas passer plus d'un ou deux jours sans manger, mais parfois c'était impossible.

Je te vois, petit merdeux !

J'ai tourné la tête dans la direction de la voix d'Ernie.

Merde.

Il arrivait en se traînant au coin de la rue, avec deux flics derrière lui. Je me suis sauvé dans la direction opposée. J'étais plus rapide. Plus intelligent. Du moins, c'est ce que je me suis dit en piquant un sprint sur le trottoir défoncé.

– Arrête-toi, gamin !

Des pas résonnaient derrière moi. J'ai regardé en arrière au moment où j'atteignais le croisement au lieu de garder les yeux devant moi.

Une erreur de débutant.

Une Mercedes noire a grillé le stop et m'est rentrée dedans. *Merde, ça fait mal.*

Mon corps s'est tendu sous l'impact, mais j'ai rebondi et j'ai roulé sur le capot. Mes coudes sont allés exploser le pare-brise pendant que la voiture pilait brusquement en m'envoyant à nouveau balader. Un truc s'est enfoncé dans mon flanc avant que je m'écarte du métal pour aller bouffer le bitume.

Bon sang, ça fait un mal de chien. Je me suis mis à gémir en plantant mes paumes de main sur le trottoir pour repousser le sol. Ernie et les flics qui hurlaient tous comme des dingues se sont approchés. Je me suis relevé en titubant. Il fallait que je fiche le camp, ou ça serait fini pour moi.

Ma cheville me faisait mal et elle a lâché lorsque je me suis appuyé dessus. Je suis tombé vers l'avant et j'ai tenté de me retenir à la voiture. Mes côtes m'élançaient furieusement, mais j'ai serré les dents. Ce n'était pas la première fois que je les cassais, je savais donc, d'expérience, à quel point j'allais morfler. Il fallait que je me barre. Que je me trouve un endroit où m'évanouir, avant que la douleur me terrasse sur place. Parce que si je tombais, j'étais vraiment baisé.

Les portières de la voiture se sont ouvertes, celle du conducteur et une à l'arrière, alors que je m'agrippais au bouchon de radiateur pour pouvoir rester debout et ne pas retomber à genoux.

Saletés de richards aux belles bagnoles de bourges avec leurs enjoliveurs à la noix.

– Ne fais pas un geste, gamin. Cette fois, tu vas aller en taule…

Soudain, Ernie s'est interrompu. Des points noirs ont brouillé ma vision pendant que je tentais de me concentrer. Le propriétaire du magasin et les deux flics derrière lui semblaient cloués sur place, au beau milieu de la chaussée.

– Monsieur Morello, vraiment désolé, Monsieur. Nous allons vous débarrasser de cette vermine, a lancé un des flics.

– Vous voulez bien m'expliquer ce qui se passe, Messieurs ?

La voix était profonde, avec un léger accent italien. Morello. Morello. Mon cerveau ne fonctionnait pas comme il aurait dû, mais je connaissais ce nom. J'aurais dû savoir qui était Morello.

– C'est juste un môme des rues qui fait du vol à l'étalage. Ça fait presque deux ans que j'essaie de l'attraper et qu'il m'échappe.

Un rire grave a suivi les explications d'Ernie.

– Donc, ou il est malin comme un singe, ou vous êtes totalement incompétents. Lequel des deux ?

Le ton de l'homme ne montrait pas le moindre respect ni pour Ernie ni pour les flics, et ça a fait tilt dans ma tête.

Putain de merde. Morello, c'était Johnny Morello, le chef de la mafia Morello. Ils dirigeaient cette ville. Cette ville leur appartenait.

N'importe comment, j'étais baisé. J'avais bousillé la voiture de Morello et son gorille allait sans doute me mettre une balle dans la tête sous les yeux des flics au garde-à-vous, parce qu'ils ne pouvaient rien faire contre lui. Personne ne le pouvait. Et si le gorille ne me tuait pas, il m'abandonnerait aux flics et à Ernie, ça ne faisait pas le moindre doute que j'allais morfler. Ils traitaient de plus en plus souvent les mômes comme des adultes, ces temps-ci. Ernie allait faire tout ce qui était humainement possible pour m'envoyer en prison à vie.

Plié en deux sur la voiture, j'ai vu deux chaussures noires cirées passer dans mon champ de vision. Je me suis retenu pour ne pas gerber sur la Mercedes et sur les chaussures, et à la place, je me suis donné un mal de chien pour me redresser, malgré la douleur lancinante que je ressentais dans les côtes, à chaque respiration.

– Comment t'appelles-tu, petit ?

Morello avait posé sa question sur un ton calme, mais avec une autorité évidente. D'après ce que j'avais entendu dire, il n'était pas homme à vous laisser la vie sauve si vous l'aviez emmerdé.

J'ai croisé son regard, bien décidé à ne pas montrer ma peur. Ce n'était pas le cas pour Ernie et les flics. *Je parie qu'en ce moment, ils sont en train de pisser dans leur froc.*

Je n'avais pas eu de nom pendant les deux années durant lesquelles j'avais vécu dans ces rues. J'avais abandonné Michael Arch sous la benne à ordures derrière laquelle je m'étais planqué pour regarder les services sociaux embarquer Hope et Destiny. J'étais né sans identité, j'allais donc vivre sans identité. Mais je ne pouvais pas dire ça à Johnny Morello. Et, pour rien au monde, je ne lui aurais donné le nom de Michael Arch. D'après ce que je savais, il était toujours recherché pour meurtre.

– Ne m'oblige pas à me répéter, fils.

Quelqu'un m'a poussé du coude et je me suis redressé d'un seul coup sous l'effet de la douleur.

Les yeux noirs de Morello étaient rivés sur moi et mon cerveau moulinait à toute vitesse pour trouver une réponse. Je me suis souvenu des cartes d'identité que je venais de balancer dans le caniveau, j'ai eu une idée.

– Je m'appelle Lachlan Mount, Monsieur. Je m'excuse pour les dégâts causés. Ce n'était pas intentionnel. Je ne voulais pas vous manquer de respect.

Morello me dévisageait, scrutait mon apparence de petit dur, mon regard fier et mes traits anguleux.

– Lachlan Mount. Voilà un nom puissant pour un gamin intelligent. C'est ce que tu es, Mount ?

– Oui, Monsieur.

– Tu as semé les flics pendant deux ans ?

Il a plissé les yeux comme s'il s'attendait à ce que je lui mente. Mais Morello ne se rendait pas compte que je n'avais plus rien à perdre.

– Oui, Monsieur.

Il a légèrement haussé ses sourcils sombres.

– Mais aujourd'hui, ça n'a pas fonctionné comme tu l'avais prévu.

– Non, Monsieur. Vraiment pas.

Je serrais les dents, J'avais de plus en plus mal, au fur et à mesure que je restais dans la position debout.

– Tu as bousillé ma voiture, Mount. Tu dois payer pour ça.

J'ai hoché la tête en glissant une main dans ma poche pour en sortir le fric que je venais de piquer.

– Avec toutes mes excuses, Monsieur.

Je lui ai tendu les billets.

– C'est tout ce que je possède.

Il a baissé les yeux sur les billets et sur ma main, puis il s'est mis à rire, d'un rire profond qui résonnait contre les hauts murs de briques des bâtiments alentour.

– Tu sais combien coûte cette voiture, môme ? Parce que ce que tu as là ne suffira même pas à réparer le bouchon du radiateur.

– C'est tout ce que j'ai, Monsieur.

J'ai attendu la pression d'un canon dans ma nuque, j'avais entendu dire que c'était la méthode d'exécution préférée de ces types de la mafia, mais rien n'est venu.

Morello a penché la tête de côté, tout en m'étudiant.

– Ça t'a pris combien de temps pour voler cet argent ?

– Quelques minutes. Je les ai chopés en allant au magasin de ce gros con…

– Hé…

Ernie s'est mis à hurler, prêt à se défendre, mais Morello a levé une main, ce qui a immédiatement fait taire le gros. Alors, Morello a passé sa main sur sa moustache sombre qui devenait déjà argentée.

– Quel âge as-tu, Mount ?

Plus il prononçait le nom que je venais de me choisir, plus je l'aimais. Il sonnait bien. Comme si j'étais né avec. J'ai redressé les épaules, malgré la douleur insupportable. J'étais fier, et c'était plus important que tout le reste.

– Quinze ans, presque seize.

J'avais inventé la fin, parce que je n'avais pas la moindre idée de ma date d'anniversaire.

Morello a ôté la main de sa moustache.

– Tu as trois possibilités, Mount, aujourd'hui je me sens dans un jour de bonté.

Je suis resté muet, j'attendais de savoir à quelle sauce j'allais être mangé.

– Un, je te livre aux flics, ils te jugent comme un adulte et ils te jettent en prison. Je pense qu'il ne se passera pas un seul jour avant que tu deviennes la pute favorite d'un caïd.

Je me suis efforcé de ne pas réagir, même si ce qu'il disait me donnait envie de vomir parce que je savais qu'il disait vrai.

– Deux, Frankie te descend ici même pour avoir bousillé ma voiture préférée, et nous abandonnons ton cadavre dans le caniveau, là où tu t'étais probablement imaginé que tu mourrais.

Il avait raison là aussi, mais je n'ai pas moufté.

– Ou trois, tu montes à l'arrière, on t'emmène chez le toubib qui te rafistole et tu bosses pour moi jusqu'à ce que tu aies remboursé chaque centime de la réparation de ma bagnole. Si tu ne déconnes pas, nous verrons comment tu t'en sors et peut-être qu'on te dégotera un vrai job, au lieu de faire les poches des touristes.

Un des flics eut finalement les couilles de répliquer :

– Monsieur Morello, nous pouvons l'embarquer. Inutile de vous donner la peine de…

Morello tourna son attention vers lui et lui coupa la parole.

– Si je voulais avoir ton avis, flicaille, je te le demanderais. À présent, ferme ta gueule.

Son regard recroisa le mien, j'entendis quelqu'un qui armait un revolver. J'ai supposé alors que c'était Frankie, le gorille de Monsieur Morello, qui se préparait soit à mettre en œuvre l'option numéro deux, soit à descendre un flic en plein jour. Je me suis liquéfié intérieurement, mais je ne pouvais pas montrer que j'avais peur. J'ai pris la seule décision possible.

– Trois, Monsieur. Je choisis l'option trois.

Morello hocha la tête.

– C'est bien ce que je pensais, tu n'es pas complètement crétin, contrairement à ces trous du cul.

Il a jeté un regard aux flics avant d'observer la rue derrière moi.

– Mets le môme dans la voiture. Appelle le toubib. Dis-lui qu'on arrive.

À l'instant où le type a posé la main sur moi, je me suis retourné en serrant les dents pour ne pas hurler de douleur.

– Je peux monter tout seul dans la voiture.

Un éclair d'amusement a brièvement traversé le regard de Frankie.

– Monte à l'avant, môme.

J'ai boitillé jusqu'à la portière, je l'ai ouverte et je me suis pratiquement effondré à l'intérieur avant de claquer la portière derrière moi. Heureusement, personne n'a entendu mon gémissement de douleur. Morello et Frankie étaient toujours à l'extérieur, face aux flics et à Ernie.

Leurs voix me parvenaient distinctement par la portière arrière qui, elle, était restée ouverte.

– Monsieur, sauf votre respect…

– Jamais vous n'avez entendu le nom de Lachlan Mount. Vous ne le prononcerez jamais. Vous ne l'avez jamais vu auparavant. Vous allez oublier son existence. Il fait partie de mon organisation à présent, et si jamais vous avez la mauvaise idée de le pourchasser, je regarderai mes gars vous dépecer vivants et je me marrerai quand vous braillerez comme les porcs que vous êtes. Ensuite, je mettrai une balle dans le crâne de tous ceux que vous aimez. Pigé ?

Les trois hommes dont les deux flics, ont hoché la tête comme des idiots et ont répondu en chœur :

– Compris, Monsieur.

– Je n'ai jamais entendu parler de lui.

– Je ne sais pas de qui vous parlez, Monsieur. On regagne le poste de police, c'est tout.

Ils transpiraient la peur par tous les pores de leur peau. Ou peut-être que l'un d'eux s'était chié dessus. À la façon dont les jambes des flics tremblotaient, c'était sans doute le cas. Et en plus, il y avait cette tache d'humidité qui s'étalait sur les jambes du pantalon d'Ernie.

Il s'était vraiment pissé dessus. *Sans blague.*

Mais là encore, ça ne me surprenait pas plus que ça. La posture de Morello était rigide. Ses ordres étaient indispensables. Il ne faisait aucun doute qu'il les aurait tués sur place avant de poursuivre sa journée, comme si de rien n'était.

Je n'avais encore jamais vu ce genre de pouvoir en action. Jamais vu ce genre de peur sur le visage d'aucun flic.

J'ai digéré la chose.

Qu'est-ce que cela pouvait bien faire de susciter ce genre de respect ?

Morello a grimpé à l'arrière de la Mercedes, Frankie a refermé la portière.

– Ne me fais pas regretter ça, Mount, parce que je te jure que je t'enterrerai vivant si tu me trahis.

– Compris, Monsieur. Vous ne le regretterez pas.

– Bien.

Frankie est monté et a mis les gaz de la voiture esquintée qui m'avait sauvé la vie. À un moment, pendant notre périple qui nous conduisait je ne savais pas où, je suis tombé dans les pommes tellement j'avais mal.

CHAPITRE 2

KEIRA

Aujourd'hui

Lorsque je reviens à moi, la douleur me transperce.

La portière de la voiture s'ouvre, et la force de gravité m'envoie basculer sur le côté. Des bras puissants arrêtent ma chute.

– Je te tiens. Ouvre les yeux, sauvageonne. Ouvre tes yeux pour moi, merde. Je ne vais pas te perdre maintenant.

Cette voix. Profonde. Sombre. Rauque. C'était la voix du démon, mais plus maintenant. C'est la voix de l'homme que j'étais furieuse de ne pas pouvoir garder après notre retour à La Nouvelle-Orléans.

J'entrouvre les paupières. J'ai l'impression d'avoir une bosse à l'endroit où mon crâne a heurté la vitre lorsque nous avons raté le virage et que nous avons atterri dans un lampadaire. Une douleur lancinante irradie dans ma tempe. Lorsque je croise son regard sombre et familier, son effroi se transforme en soulagement. La chaleur brûlante de ce regard, qui jadis instillait la peur en moi, me donne de la force.

– Merci, mon Dieu.

Son front effleure le mien et je respire son parfum boisé et citronné.

– Tu pensais te débarrasser de moi aussi facilement ?

Je m'exprime doucement, avec difficulté, sans l'assurance que j'aurais voulu y mettre. J'essaie de m'asseoir, mais la douleur me déchire le flanc droit.

– Et merde, ça fait mal. Qu'est-ce qui s'est passé ?

– Ça n'a pas d'importance. Ça va aller. Je te jure sur ma vie que tu vas t'en sortir.

Vu la façon dont il dit ça, avec une conviction absolue, je le crois.

Je détourne le regard pour découvrir le sang qui imbibe mon chemisier blanc et les éclats de verre partout autour.

– Oh merde !

Sa grande main attrape mon menton et me force à retourner mon attention vers lui, mais pas avant d'avoir vu le sang qui tache également ses vêtements.

– Oh mon Dieu ! Nous avons besoin d'aide.

– On va s'en sortir. Tu comprends ce que je te dis ? Il faut que tu restes consciente. Tu peux le faire ?

Je hoche la tête, et mon crâne menace de craquer sous le mouvement. De la bile remonte dans ma gorge.

– Bloque la douleur, Keira. Tu peux le faire.

Je respire difficilement, en frissonnant.

– Je peux le faire, dis-je, sans savoir si je mens ou pas.

– C'est bien, tu assures.

Il ôte sa veste et la presse contre mon flanc.

– Tiens ça bien serré, comme si ta vie en dépendait, tu m'entends ?

Lorsque Lachlan vous dit de faire quelque chose comme si votre vie en dépendait, c'est que c'est le cas. Je me souviens de la panique que j'ai vue dans ses yeux il y a quelques instants seulement.

– Je suis en train de mourir ?

Ce n'est pas de la tristesse, mais de la colère qui m'envahit.

Je ne suis pas prête. Je n'en ai pas encore terminé avec ce monde. Je n'en ai pas terminé avec cet homme.

– Tu n'es pas en train de mourir, putain. Je te l'interdis, tu entends ?

Ses paroles sont pleines d'une détermination d'acier et d'une ténacité sans faille.

– Ok.

J'appuie plus fort la veste contre mon côté droit, pendant que Lachlan glisse un bras dans mon dos.

– On fiche le camp d'ici. Mes hommes arrivent. Serre bien.

Je lui fais un nouveau signe de tête. Des étoiles brouillent ma vision à chaque mouvement. Mount me sort de la voiture en restant accroupi et en s'arrêtant entre l'avant embouti de la voiture et le bâtiment dans lequel elle s'est encastrée. Il trébuche en gémissant et ce son me fait plus mal que ma propre douleur.

– Arrête. Tu es blessé. Ne…

– Pas avant que tu sois en sécurité. Je ne veux prendre aucun risque. Mais où sont-ils, bon sang ?

Inquiet, il regarde autour de lui, alors que je sens que je sombre à nouveau.

Qu'est-ce qui ne va pas avec ma tête ?

Je me force à faire le point, parce qu'il est hors de question que je tombe à nouveau dans les vapes. Je suis plus forte que ça.

Je lui serre la main aussi fort que je peux pour tenter d'attirer son attention.

– Moi non plus, je ne veux pas te perdre. Tu comprends ce que je te dis ? Arrête de faire ta fichue tête de mule.

Il plonge son regard dans le mien et toute trace de la douleur qu'il vient de ressentir semble s'évanouir, pendant que la commissure de sa bouche se tord.

– Promis.

Des pneus crissent, je tourne la tête en tremblant, tellement j'ai mal dans les tempes. Mais je ne vois rien, car Lachlan nous éloigne de la rue en me serrant plus fort et en offrant son dos à la voiture qui arrive. Il fait de lui *un bouclier humain*.

– Tu n'as pas intérêt…

– Ferme-la, Keira. Je fais tout ce que je dois faire te concernant.

Avec sa grande main posée sur ma nuque, il me tient bien serrée contre sa poitrine.

Une autre voiture s'arrête dans un grand bruit de freins et le claquement des portières résonne dans mon crâne. Des pas retentissent sur le trottoir pendant que Lachlan tourne la tête.

– Dieu merci, murmure-t-il, et son corps se détend.

Il pivote et j'aperçois La Balafre.

Cet autre visage, qui d'habitude était pour moi synonyme d'angoisse m'apporte à présent un véritable réconfort.

La Balafre s'avance, silencieux comme toujours, mais tout son personnage dégage une rage contenue.

Lachlan me serre encore un peu plus fort.

– Prends-la. Enferme-la. Ta vie dépend de la sienne. Tu m'as compris ?

L'homme muet hoche la tête et Lachlan desserre son étreinte.

– Ne t'avise pas de mourir, Keira. Sans ça, je jure que j'arracherai les portes des cieux pour venir te chercher moi-même.

La Balafre me prend délicatement dans ses bras. C'est une prise que je ne connais que trop bien, mais mes doigts s'accrochent au col de Lachlan. Le tissu s'étire lorsque La Balafre recule pour me faire lâcher prise.

– Je ne veux pas te quitter !

Je me débats dans les bras de La Balafre, malgré la nausée et le fait que mon corps tout entier m'intime de me calmer.

– Repose-moi. Je reste avec lui.

La Balafre grogne à mon oreille et je fixe la chemise de Lachlan. Tout le côté gauche est rouge de sang. Au début, je croyais que c'était le mien, mais le tissu déchiré et le flot persistant me prouvent que je me trompe.

– Laisse-moi. Vas-y, sauve-le. Il a plus besoin de toi que moi.

Des flots de larmes inondent mes joues, mais La Balafre me tient serrée afin de m'empêcher de rester près de Lachlan. Deux autres hommes se ruent vers nous, que je ne connais pas.

– Tue-les ! je hurle, sans reconnaître ma propre voix. Ne le touchez pas, espèces de bâtards !

Lachlan titube, les hommes l'attrapent, chacun d'un côté.

– Protège-la…

Sa voix s'atténue au fur et à mesure que son corps se relâche dans les mains des deux inconnus.

– Non !… je crie, mais La Balafre continue à avancer vers la voiture, sans tenir compte de ce qui vient de se passer. Arrête ! Tu dois retourner le chercher !

Je me débats en le griffant aux épaules sans me soucier de ma souffrance physique. L'horreur noie la douleur. Ils traînent le corps inconscient de

Lachlan dans une voiture que je ne connais pas alors que La Balafre se dirige vers celle qui m'est familière.

– Laisse-moi partir !

Je crie, mais ma voix se brise lorsqu'il m'installe sur la banquette arrière et qu'il me claque la portière au nez. J'appuie sur la poignée, dans l'espoir vain d'arrêter ces hommes qui emmènent Lachlan, mais La Balafre est déjà sur le siège avant.

Les portes se verrouillent, la voiture démarre en trombe et dévale une rue du Quartier Français. Il y a quelques semaines, je me serais réjouie d'être emmenée à toute vitesse dans la direction opposée à Lachlan Mount, mais ça, c'était avant.

Ce qu'il m'a dit dans le hangar est vrai.

Tout a changé.

Lorsque je me tourne pour regarder à travers la vitre arrière teintée, je me mets à pleurer à chaudes larmes. Dans le lointain, à une distance qui augmente à vitesse grand V, deux hommes chargent le corps sans vie de Lachlan à l'arrière de l'autre limousine.

Ma voix s'enroue quand je hurle à La Balafre de me ramener là-bas, mais nous tournons et je le perds de vue.

– Non !

CHAPITRE 3

KEIRA

Je ne me souviens pas d'être tombée dans les pommes, mais lorsque je me réveille dans une pièce aux murs tout blancs, au sol en béton gris et dans des odeurs d'antiseptique, je comprends que j'ai dû perdre conscience. Je suis sur un lit d'hôpital, ma tête pivote d'un côté puis de l'autre. Ce n'était pas le mouvement à faire. Le bourdonnement empire, ma vision se brouille. Mais à travers la brume, j'aperçois un autre lit vide à quelques mètres du mien.

Où est-il ? Le souvenir de Lachlan traîné par des inconnus est un véritable cauchemar. Il faut que je le retrouve. Des fils sont reliés à ma poitrine, je les arrache. Le bip régulier du moniteur s'arrête et une alarme se met à sonner. Je suis toujours branchée à une intraveineuse, mais j'ôte le sparadrap et je me prépare à l'arracher aussi. La porte s'ouvre et une femme que je n'avais jamais vue entre.

– Arrêtez. Si vous l'arrachez, il faudra qu'on vous en pose une autre. Il a insisté pour que nous ne prenions aucun risque avec vous. C'est bien trop médicalisé si vous voulez mon avis, mais c'est lui le patron.

– Où est-il ?

Mes doigts agrippent le tuyau, comme si j'étais une psychopathe prête à me taillader le poignet.

– Dites-le-moi, où j'enlève ce truc avant que vous puissiez faire un pas de plus.

Elle recule devant la violence de ma menace.

– Les toubibs s'occupent de lui en ce moment, ils sont en train de le recoudre. Inutile de vous débrancher et de le mettre en pétard contre moi.

Ma main se fait hésitante.

– De le recoudre ? C'est grave ?

Je me rappelle sa chemise déchirée et le sang qui giclait du trou qu'il avait sur son flanc.

– Qu'est-ce qui s'est passé ? Où suis-je ?

Mes souvenirs sont encore plus flous que ceux de la nuit où je me suis saoulée à Dublin. *La nuit où j'ai dansé avec Lachlan dans un pub.*

Elle répond à mes questions dans le désordre.

– Vous êtes dans la clinique du complexe résidentiel. Nous sommes parfaitement autosuffisants, ici. Mount a été touché, la balle l'a traversé de part en part. Vous, vous avez une sacrée commotion cérébrale avec des coupures superficielles, des hématomes et une lacération assez importante du côté droit. Vous avez eu de la chance, elle n'est pas trop profonde. Ça n'a pas nécessité de points de suture, juste du Dermabond[1]. On vous a désinfectée et on vous a fait une série d'examens. Vous allez très bien vous remettre.

Je fixe la blouse bleue d'hôpital, comme si je pouvais voir au travers.

– Des coupures, des bleus et des contusions ? Ça ne devrait pas me faire plus mal que ça ?

La femme que je suppose maintenant être soit un médecin, soit une infirmière, se met à rire.

– Ma belle, vous êtes tellement shootée aux calmants que vous devriez vous sentir au top de votre forme ! Simplement, n'enlevez pas cette perfusion. Ça en mettrait partout. Nous avons déjà nettoyé assez de sang comme ça aujourd'hui.

J'en ai appris assez sur moi.

– Il va revenir quand ? La blessure est sérieuse ? Il va s'en sortir, n'est-ce pas ? Il a dit qu'il allait s'en sortir. Il me l'a promis.

Elle m'examine comme si j'étais une étrange créature sauvage. C'est exactement ainsi que je me sens.

– Il a perdu beaucoup plus de sang que vous. Il n'a même pas essayé de comprimer la blessure, pourtant il sait très bien comment faire.

Malgré ma mémoire vacillante, je me rappelle qu'il m'a donné sa veste pour arrêter mon

---

1. Le Dermabond esr une colle médicale à usage cutané. (NdT, ainsi que pour toutes les notes suivantes)

hémorragie. Vraisemblablement au détriment de sa propre vie.

– Il ne va pas mourir.

Ce n'est pas une question. Ce n'est pas possible parce qu'alors, je le perdrais. Mais l'infirmière, ou la doctoresse, ou qui qu'elle puisse bien être, répond :

– Vous avez raison. Il ne va pas mourir. Il est bien trop têtu. Même le diable le renverrait illico.

Un soupçon de soulagement se fraye un chemin à travers la peur panique qui m'enserre la poitrine.

– Vous êtes sûre ?

Elle acquiesce.

– Il y a deux chirurgiens surqualifiés qui s'occupent de lui. Tout ce qui existe de meilleur pour Mount. Mais cette sacrée tête de mule refusait qu'on s'occupe de lui avant de vous avoir soignée.

– Quoi ?

Ma voix se brise.

– Il les a braqués avec un flingue, et tout et tout.

Ça ressemble exactement à l'homme que je connais, et que j'aime.

Attendez. Que j'aime ?

Le mot vient exploser dans mon crâne, comme la balle l'a apparemment fait avec le pare-brise de la voiture.

Est-ce même... possible ?

Je m'écroule dans mon lit, je n'ai plus de force. Elle s'avance.

– Vous allez bien, Mademoiselle Kilgore ?

Est-ce que je vais bien ?

Je ne sais pas quoi répondre. Pour l'instant, je me débats en réalisant l'évidence la plus choquante de toute ma vie.

Je suis en train de tomber amoureuse de Lachlan Mount.

Enfin non. Pas en train de. *Déjà tombée amoureuse.*

– Mademoiselle Kilgore ? Est-ce que tout va bien ? Vous avez mal quelque part ?

Je secoue la tête.

– Ce n'est pas ça. Je… c'est juste…

Son regard se fait compatissant.

– C'est le contrecoup ?

– Peut-être.

Ma tête s'enfonce dans l'oreiller, je regarde fixement le plafond et je finis par accepter la vérité.

J'ai entendu dire que les expériences traumatiques peuvent parfois avoir un effet très cristallisant sur nos pensées, mais comment ai-je pu louper ce qui était en train de se mettre en place en douce ?

Danse avec moi, Lachlan. Danse avec moi à Dublin.

Le sourire qu'il avait eu cette nuit-là remonte à ma mémoire. Est-ce arrivé à ce moment-là ? Et est-ce que ça a de l'importance ?

– Laissez-moi remettre ces fils en place afin que nous puissions garder un œil sur vous. Je suis certaine qu'il me tuerait s'il vous arrivait quoi que ce soit.

Elle tapote ma perf, se dirige vers la machine et démêle les fils que j'ai arrachés, avant de les rebrancher sur moi, mais je ne lui prête pas la moindre attention.

C'est probablement pour ça je ne vois pas ce qu'elle ajoute au mélange dans ma perfusion jusqu'à ce qu'elle dise :

– Il faut que vous vous reposiez.

Et elle change la poche.

– Qu'est-ce que vous faites ?

– Je vous ai donné un petit quelque chose pour que vous soyez plus confortable.

Mes paupières deviennent lourdes et j'ouvre la bouche pour protester, mais je ne suis déjà plus en état de le faire.

– Il sera là à votre réveil.

CHAPITRE 4

MOUNT

Les cris de Keira résonnent dans ma tête. Je me tourne dans mes draps et je sors d'un sommeil agité. *Mais quelle merde est-ce qu'ils ont bien pu me refiler ?* Je leur avais dit que je n'avais pas besoin de dope. J'ai besoin de rester en éveil. D'être sur mes gardes.

Les mêmes pensées se télescopent dans mon crâne depuis que cette saleté de balle a traversé le pare-brise.

Je ne peux pas la perdre. Ne me la prenez pas, putain.

– Où est-elle ? (Quand elle se met enfin à fonctionner, ma voix me paraît rauque, mais il m'est impossible de ne pas remarquer le désespoir sous-jacent derrière ma question.) Est-ce que Keira va bien ?

– Je suis là.

La petite main de Keira serre la mienne. Ma tension se relâche à son contact et l'odeur de désinfectant remplit mes narines.

Je les ai forcés à rapprocher nos deux lits lorsqu'ils ont cru être obligés de me menotter à mon lit pour m'empêcher d'aller vers le sien.

Sa voix est tremblotante et à peine assez forte pour que je puisse l'entendre entre les bips des machines, mais ses paroles m'enveloppent et me réconfortent. Comment ai-je bien pu faire pour mériter une telle loyauté de sa part, je ne le comprendrai jamais. Je détaille chaque centimètre carré de son corps, depuis la masse de ses cheveux roux emmêlés jusqu'aux divers bleus qu'elle arbore. Aucune trace de sang nulle part. Elle est en un seul morceau, et son visage n'exprime aucune souffrance.

– Je t'en prie, dis-moi que tu vas bien.

Dans mon cauchemar, elle criait parce qu'elle était en train de mourir et je ne pouvais pas la sauver. Ces cris m'étaient plus douloureux que toutes les balles qui avaient pénétré dans mon corps. C'était des millions de fois pire que lorsque j'avais été heurté par cette Mercedes, des années plus tôt. Pire que n'importe quelle blessure, n'importe quel coup que j'avais pu recevoir ou imaginé.

– Je vais bien. Tu vas aller bien, nous allons guérir tous les deux, ou je le jure devant Dieu, je vais traquer ceux qui ont fait ça et je vais les tuer de mes mains.

Ses paroles sont pleines d'une froide détermination.

Ma sauvageonne assoiffée de sang. Ma reine rebelle.

Ça ne devrait pas me faire sourire, mais rien de ce qui touche à cette femme n'est rationnel. Elle vient d'une bulle, d'un monde où je n'ai jamais vécu. Lorsque je l'ai entraînée vers l'ombre et les ténèbres, je n'ai pas réfléchi une seconde aux conséquences de mes actes, uniquement au plaisir que je tirerais de sa soumission.

Je suis un égoïste. Je me connais assez pour le reconnaître. Je prends, je prends et je prends.

C'est ce que j'avais prévu de faire avec Keira Kilgore. La prendre jusqu'à plus soif. Mais ce soir, la seule chose que je veux lui prendre, c'est sa douleur, quand bien même je devrais en mourir.

Je n'ai jamais cru à l'altruisme. J'ai toujours pensé que c'était un mythe. Mais concernant Keira Kilgore, toutes mes croyances ont été chamboulées. Tout a été chamboulé.

La vie m'a appris à ne pas m'attacher, parce que rien n'est permanent. Tout est temporaire.

Je ne l'accepte plus quand il s'agit d'elle. Elle est à moi. Elle sera toujours mienne. Même mon cœur de pierre ne pourrait supporter de la perdre. Je la protégerai, avec mon dernier souffle si nécessaire.

J'ai fui la faiblesse comme d'autres hommes ont fui le diable… ou moi. Pourtant, peu m'importait la faiblesse lorsque j'ai cru que je pourrais la perdre. C'est alors que quelque chose d'autre est devenu limpide : perdre Keira Kilgore signifierait perdre ma force. Cette rouquine volcanique, avec des étincelles dans ses yeux verts, a sapé les fondations de mon univers tout entier.

– J'ai cru que je t'avais perdu, dit-elle, les yeux remplis d'angoisse. Je ne veux plus jamais ressentir cela.

– Cela n'arrivera jamais. Même le diable ne voudrait pas de moi.

– Promets-le-moi.

Rien n'est permanent, me susurre ma voix intérieure. Mais je suis Lachlan Mount, merde, c'est moi qui fais les règles et je peux les changer chaque fois que je le désire.

– Je te le promets.

Elle me serre la main plus fort.

– Bien.

– Je devrais te faire partir. T'envoyer en lieu sûr, le plus loin possible de moi, mais…

– Essaie un peu pour voir.

Keira hausse le menton, l'air renfrognée.

– Si j'étais quelqu'un de bien, c'est exactement ce que je ferais.

Elle prend un air encore plus obstiné et serre les dents.

– Alors, c'est une bonne chose que tu ne le sois pas.

La porte s'ouvre, et l'un des toubibs dont le nom m'échappe entre.

– Monsieur Mount, comment vous sentez-vous ?

Ma première réaction devrait être de lâcher la main de Keira pour m'assurer qu'il ne voit pas à quel point je suis dingue d'elle, parce que ce serait un aveu de faiblesse. Mais pas du tout. Au lieu de ça, je glisse ses doigts entre les miens et nous présentons un front uni au toubib.

– Comme si on m'avait tiré dessus, puis recousu.

– Je peux demander à l'infirmière d'augmenter la dose de vos antalgiques, vous ne sentirez plus rien.

Je l'arrête tout de suite.

– Non. Vous m'en avez déjà trop donné. Je ne veux rien d'autre. Je veux le sentir. Tout sentir dans les moindres détails. Je ne vous laisserai plus m'assommer à nouveau.

– Lachlan…

La voix de Keira est faible, elle serre fort ma main. Lorsque je la serre en retour, elle se tait.

– Assurez-vous que Mademoiselle Kilgore a tous les analgésiques nécessaires et tout ce dont elle a besoin, mais foutez-moi la paix. Dites à V de venir en sortant.

Le docteur hoche la tête et fait mine de sortir. Son regard tombe sur nos deux mains enlacées.

– Dites un mot de ce qui s'est passé ce soir, et vous êtes un homme mort.

– Jamais je n'oserais, Monsieur. Appuyez sur le bouton de la sonnette si vous avez besoin de quoi que ce soit, l'un comme l'autre. Nous sommes à votre disposition, aussi longtemps que vous le désirez.

Dès qu'il est sorti, Keira retire brusquement sa main de la mienne. Je veux la reprendre, mais elle pointe déjà son index sous mon nez.

– N'essaie pas de jouer les gros durs, espèce de tête de mule. Prends ces putains de calmants.

Je me retourne. Le mouvement fait tressaillir mon corps de douleur, mais j'ai besoin de voir son visage. Elle doit comprendre pourquoi je refuse de les prendre.

– Si je suis défoncé, je ne pourrai pas te protéger et ce n'est même pas envisageable. Tu es liée à moi. Ta sécurité, ta vie dépendent de moi, et je ne vais certainement pas les risquer pour m'épargner quelques heures de douleur.

– Quelques heures ? Tu veux rire, on t'a tiré dessus. Ce n'est pas comme si c'était une petite coupure.

– Ce n'était pas la première fois. Et ça ne sera probablement pas la dernière.

Keira grogne, et il devient clair que toute la peur que j'ai pu lui inspirer, même celle qu'elle cachait le mieux possible, a disparu.

– Tu n'as pas intérêt à te faire tirer dessus.

– Je ne peux pas te le promettre.

– Alors, mens-moi. Donne-moi quelque chose.

Un rire rauque gronde en moi.

Elle est unique.

Je le savais déjà, mais elle me le prouve un peu plus chaque jour.

Les mensonges. Ils me viennent toujours si facilement. C'est une seconde nature chez moi. Ils sont toujours mon premier choix. Mais je ne peux pas agir ainsi quand il s'agit de nous.

– Je ne veux plus de mensonges. Pas entre nous. Plus maintenant.

Keira recule vivement la tête, l'air surpris.

– Est-ce que ça signifie que tu me dévoileras tous tes secrets si je te le demande ?

Je jette un regard en direction du plafond. J'aurais dû m'en douter. Si elle ne le faisait pas, elle ne serait pas la compagne que moi-même j'ignorais que je désirais, dont j'avais besoin.

Je pousse un long soupir. Je n'arrive pas vraiment à croire ce que je suis sur le point de faire. Mais comme je m'en suis rendu compte plus tôt, *absolument tout* a changé.

– Qu'est-ce que tu veux savoir ?

CHAPITRE 5

KEIRA

CA. N'EST. PAS. POSSIBLE.

Il n'est pas en train de me donner carte blanche, de me permettre de lui poser n'importe quelle question et de me dire la vérité, n'est-ce pas ? Mais la sincérité que je lis dans ses yeux ne fait aucun doute. De même que la fatigue sur son visage. Avant, j'aurais sauté sur l'occasion pour obtenir des réponses à toutes les questions que je me posais, mais là, je ne peux pas.

Au lieu de ça, je pense à lui, à sa guérison. Parce que la santé et la sécurité de Lachlan Mount sont devenues mes préoccupations premières depuis le moment où j'ai vu ces hommes l'éloigner de moi dans la rue.

– Il faut que tu dormes. Repose-toi. Parce que tu vas devoir déchaîner le feu de l'enfer sur cette ville pour que tout le monde comprenne qu'on ne peut s'en prendre ni à Lachlan Mount ni à sa femme.

Là encore, il paraît sidéré et me dévisage comme jamais auparavant. Peut-être a-t-il raison. Parce que jusqu'à présent, je n'ai jamais ressenti ça.

– Ma femme ?

Je plisse les yeux.

– C'est toi qui voulais que j'admette que je t'appartenais. Il se trouve que les moments où tu risques ta vie te permettent de très vite clarifier les choses.

Son regard devient dur, puis il répond.

– Ce sont les médocs qui te font dire ça. Lorsque tu seras debout, tu recommenceras à m'affronter et à exiger que je te laisse partir.

Je pince les lèvres et je croise les bras pour cacher la douleur qui s'insinue malgré les antalgiques qu'ils m'ont administrés.

Est-ce que c'est à cause des médocs ?

Je me refuse à le croire.

La possessivité que j'ai ressentie et l'envie de me jeter à travers les éclats de verre pour le rejoindre lorsqu'on me l'a enlevé, n'avaient rien à voir avec les médicaments.

Avec l'adrénaline, peut-être. Mais c'était absolument véridique.

– Je suppose qu'on verra qui de nous deux à raison là-dessus. Parce que je sais déjà exactement comment ça va se passer.

– Et comment donc ? demande-t-il, mais la porte s'ouvre avant que je puisse lui répondre.

CHAPITRE 6

MOUNT

Dès l'instant où V entre dans la pièce, je lis sur son visage tout ce que j'ai besoin de savoir. C'est la merde. *La grosse merde.*

Depuis longtemps, j'ai appris que lorsqu'il ne m'envoie pas de textos, la seule façon de communiquer avec lui, c'est de lui poser des questions auxquelles il peut répondre par oui ou par non. Et comme je ne sais pas où est mon téléphone, c'est la seule solution qui s'offre à moi.

– Ils ont retrouvé le tireur ?

C'était inutile que j'en donne l'ordre. J avait dû se mettre en chasse dès qu'ils avaient appris la nouvelle.

V secoue la tête.

– Ils se sont occupés des flics ?

Quelqu'un avait dû les appeler et j'avais besoin que les flics qui étaient arrivés sur place avant que tout ait été nettoyé oublient ce qu'ils avaient vu.

Personne ne doit savoir ce qui s'est passé. Cela romprait l'équilibre si on commençait à raconter partout que quelqu'un a eu les couilles de s'en prendre à moi. Heureusement, une grande partie des flics de cette ville m'obéit.

V acquiesce.

– La voiture a été emportée au garage et la scène nettoyée ?

Il acquiesce de nouveau.

– La balle a été récupérée ?

Il lève la main en écartant deux doigts. Je sais que ça signifie pas encore, mais bientôt.

– Désossez cette bagnole. La balle doit y être. Je n'ai pas vu de trou de sortie. Découvrez d'où elle vient et tracez le tireur. Nous devons savoir qui a été assez stupide pour tenter ça.

V hoche à nouveau la tête, puis se retourne, mais je l'arrête.

– Tu as bien fait. Sa sécurité est toujours la priorité… quoi qu'il arrive. Tu dois t'occuper d'elle d'abord, comme tu l'as fait.

Keira nous interrompt.

– Euh non. Je ne suis pas d'accord.

Je lui jette un regard.

– Tu n'as pas ton mot à dire. Jamais je ne ferai de compromis là-dessus.

– Pas au prix de ta propre sécurité. Ne me fais pas porter ce fardeau. Le prix est trop élevé.

V nous regarde tout à tour, sans doute surpris de la nouvelle teneur de notre dispute.

– Qui te donne tes ordres, V ? j'aboie, pour attirer son attention sur moi.

Lorsqu'il me désigne en pointant son doigt, l'air obéissant, je regarde Keira.

– Peu importe ce que tu dis, moi, je dis le contraire.

– Tu racontes des conneries.

– Tant pis.

V croise à nouveau mon regard, et je m'adresse à lui.

– Monte la garde. Personne n'entre à moins qu'il y ait une urgence médicale et là encore, uniquement un membre de l'équipe. On m'a dit que j'avais besoin de me reposer pour pouvoir ensuite déchaîner le feu de l'enfer sur cette ville, et sur celui qui a fait ça.

Je jette à Keira un petit sourire narquois.

V hoche la tête et se dirige vers la porte d'entrée.

Dès qu'il l'a refermée derrière lui, la fatigue m'envahit d'un seul coup, mais je trouve tout de même la force de tendre la main pour prendre celle de Keira. Elle me la serre.

Toute cette expérience, le fait qu'elle ne lutte pas contre moi, qu'elle ne tente pas de s'échapper, tout cela est irréel. Tout comme le fait que j'obéisse à ses ordres.

– Je ne te laisserai pas…

Je lui coupe la parole.

– Je croyais que tu voulais que je me repose, pour pouvoir ensuite me venger comme il faut.

Elle hausse un sourcil.

– Tu vas vraiment m'écouter ?

– À une condition.

– Dis-moi laquelle, lance-t-elle sans une hésitation.

– Que tu te reposes, toi aussi.

Sa bouche se tord dans un mouvement de défiance, mais pour une raison tout à fait différente, cette fois.

– Je vais monter la garde. Toi, tu te reposes.

– V monte la garde dehors. Personne ne passera. Alors, je t'en prie, bordel, repose-toi. J'ai besoin de toi en un morceau et en pleine forme. J'ai plein de projets vous concernant, Madame.

Keira m'examine un long moment avant de finir par répondre.

– Et si je le fais, tu le feras ?

– Oui.

– Marché conclu.

Elle me tend la main, je la serre afin de sceller notre accord.

Je ne sais comment, au beau milieu du chaos, nos positions ont changé. Je ne suis plus celui qui la force à se plier à mes désirs parce qu'elle n'a pas le choix. À présent, nous sommes égaux. Partenaires.

C'est un sentiment nouveau, différent, qui devrait me ficher une peur bleue, mais qui n'a rien à voir avec de la faiblesse. Je ne me suis jamais senti aussi fort.

Je m'endors avec nos doigts toujours entremêlés.

CHAPITRE 7

KEIRA

Même shootée aux antalgiques, je me réveille la première. Je crois que j'ai forcé mon organisme à reprendre conscience parce que je voulais vérifier une nouvelle fois que Lachlan respirait encore.

Je me fiche bien de mes propres blessures. Je suis beaucoup plus inquiète pour lui. Même endormi, son visage paraît encore crispé.

Je m'étais juré de le haïr jusqu'à mon dernier jour. De ne jamais lui céder. De bâtir une muraille impénétrable autour de mon cœur, même s'il parvenait à me rendre folle et forçait mon corps à me trahir. Lachlan Mount a démoli cette muraille. Quand il a présenté son dos au tireur pour en faire un bouclier, ce que je ressentais pour lui est devenu évident.

Mais pour être tout à fait honnête, ce n'est pas à cet instant-là que mes murailles se sont écroulées. Non, toutes mes défenses ont commencé à se fissurer lorsque j'ai compris qu'il m'emmenait à Dublin, réalisant ainsi un de mes rêves les plus chers sans que cela ne lui rapporte quoi que ce soit.

Je n'ai peut-être pas encore l'opportunité de lui poser des questions, mais je serais prête à parier que ces manières d'agir de façon complètement désintéressée sont nouvelles pour Lachlan Mount.

La porte de la chambre s'ouvre à nouveau et V entre. Voilà encore un changement, je ne pense plus à lui en l'appelant La Balafre.

Il n'est plus l'homme qui facilite et surveille ma captivité, mais aussi l'homme qui était prêt à risquer sa vie pour sauver la mienne. Je chuchote :

– Est-ce que tout va bien ?

Je sais qu'il ne me répondra pas. Et bien que Magnolia m'ait raconté que Lachlan lui a coupé la langue, je suis absolument certaine que c'est faux.

La loyauté dont V fait preuve envers son boss n'est pas fondée sur de la crainte ou de l'intimidation. C'est une marque de respect.

V hoche la tête en signe d'approbation, mais me tend quelque chose. Mon sac. Et dans l'autre main ? Mon téléphone.

Il les pose tous deux sur le lit à côté de moi en désignant avec insistance mon téléphone de la tête. Je jette un coup d'œil à l'écran, où je découvre plusieurs appels en absence de mon père et des textos de Tempérance.

Merde. Il est une heure de l'après-midi, un jour plus tard que je croyais.

Je me rends compte que j'ai dormi beaucoup plus longtemps que prévu. Évidemment, j'ai perdu la notion du temps avec le décalage horaire, les calmants et l'absence d'horloge dans la pièce.

Je déverrouille l'écran et je lis d'abord les textos.

Tempérance : Nos téléphones sonnent en permanence. Ton père. La presse. L'office du tourisme. Les distributeurs. Tout le monde veut t'interroger à propos du prix de la GWSC. Je sais que tu as décidé d'y participer au dernier moment, mais je dois leur raconter quelque chose, boss. J'ai besoin que tu m'aides, là.

Tempérance : Tu vas bien ? Où es-tu ?

Tempérance : Keira, s'il te plaît, réponds-moi. Ton père m'a dit qu'il montait dans un avion et qu'il allait débarquer ici demain.

Le dernier message a été envoyé il y a une heure. *Merde.* Je ne veux absolument pas que mon père s'approche de La Nouvelle-Orléans en ce moment. Pas dans la situation où je suis. Lachlan m'a juré qu'il assurerait la sécurité de ma famille et je l'ai cru, mais je ne veux pas d'eux dans les parages.

Je m'aperçois que je n'ai aucune barre de réception. Je relève la tête vers V.

– J'ai besoin de passer des coups de fil. D'envoyer des textos. Il faut que vous m'aidiez. Il faut que j'empêche mon père de rappliquer.

V jette un coup d'œil à Lachlan, toujours endormi, puis à moi. Il est clair qu'il hésite.

– Je n'ai besoin que de quelques minutes. S'il vous plaît. C'est important. Croyez-moi, je ne demanderais pas à m'éloigner de lui si ça n'était pas important.

Quelque chose fait mouche, dans mes paroles ou dans le ton de ma voix. Il hoche la tête avant de lever un doigt. Un geste qui signifie, partout dans le monde, *attendez une seconde*. Il sort de la pièce et revient très vite en compagnie de l'infirmière qui m'avait dit de ne pas arracher ma perf.

– Vous avez besoin de quelque chose ? Qu'est-ce qui ne va pas ?

Elle me quitte des yeux un instant pour les poser sur Lachlan.

– J'ai besoin que vous me débranchiez. Il faut que je passe quelques coups de fil. C'est terriblement important.

Elle fronce les sourcils.

– Est-ce que Mount est d'accord ?

– Est-ce que vous voulez prendre le risque de lui expliquer que vous n'avez pas obéi à un ordre tout simple ? Parce que là, je vous promets qu'il jugera que votre refus d'accéder à ma requête revient à refuser la sienne.

Mon ton est sans appel. Je prononce chaque mot avec une tranquille autorité. Ma déclaration la fait tressaillir, elle hésite à peine un instant.

– Donnez-moi une minute pour vous débrancher, Madame.

Le respect dans sa voix est indéniable. Avec des gestes rapides et efficaces, elle m'ôte les branchements et enlève ma perf.

– Vous n'en avez plus besoin, mais dites-lui bien que c'est vous qui m'avez demandé de vous l'enlever, sans quoi je vais le payer cher.

– Ne vous en faites pas. Je m'en charge.

Je regarde V qui m'attend en silence.

– Allez chercher quelqu'un qui prenne votre place à notre porte. Quelqu'un en qui vous avez totalement confiance.

V acquiesce en levant encore une fois un doigt avant de disparaître. Je me lève, plus tremblante que je ne saurais l'admettre, lorsqu'il revient et me guide en dehors de la chambre. Je ne reconnais pas tout de suite les deux hommes debout devant la porte, mais je sais que je les ai déjà vus quelque part.

Ce sont eux qui ont emmené Lachlan quand il est tombé.

– Laissez-le un seul instant sans surveillance et je vous tue, tous les deux. Vous m'entendez ?

Je les menace sans la moindre hésitation, et la sidération qui se lit sur leur visage est presque comique.

D'une certaine façon, je suis moins surprise d'avoir donné cet ordre que d'en avoir tiré un tel plaisir. En ce moment, j'ai envie d'explorer un tas de choses auxquelles je n'avais jamais pensé jusqu'à présent.

J'ai vendu mon corps pour protéger ma famille et mes amis. À présent, je serais prête à vendre mon âme pour épargner Lachlan.

– Oui, M'dame. Personne ne passera, me répond un des hommes.

Je les salue de la tête, et ils me rendent la pareille avec un respect évident.

Les rôles continuent d'évoluer.

Je ne suis plus une prisonnière. Je suis plutôt l'épouse du roi.

***

– Mais où étais-tu passée, pour l'amour du ciel ? Cela fait des siècles que j'essaie de te joindre ! lance Tempérance, au lieu de me féliciter.

J'ai mal au crâne, mais je repousse la douleur.

– Il y a eu un retard imprévu lors de mon retour de Dublin. Je suis désolée de n'avoir pas pu t'appeler avant.

Je ne sais pas pourquoi, mais je suis fière de mon mensonge qui sonne tellement professionnel et de ma voix qui reste très calme.

– Un retard imprévu ?

Elle est visiblement sceptique.

– Raconte-moi d'abord ce qui s'est passé pour que nous fassions le tri, ensuite j'aurai des choses à te dire. Des choses que tu ne pourras répéter à personne. Vraiment personne.

Mon assistante se calme.

– Keira, est-ce que ça a quelque chose à voir avec le chauffeur que tu as subitement employé il y a quelques semaines ?

Je ne suis pas étonnée qu'elle ait remarqué que V me conduisait, bien plus qu'elle n'en ait pas parlé avant.

– Oui, mais d'abord le business. Je te raconterai le reste après.

Tempérance se lance alors dans une liste de sujets qui requièrent tous mon attention, à commencer par l'annonce que le *Spirit of Saint Louis* a gagné un prix prestigieux. Un prix qui, je le crois à présent, m'a sauvée en détournant la balle qui avait d'abord transpercé le corps de Lachlan. Cela semble évident, vu la lacération qu'ils ont recousue sur mon flanc gauche, là où j'avais posé sur mes genoux le trophée en cristal qui est sans doute encore dans la carcasse de la voiture.

C'est certain, voilà une chose que je ne vais pas raconter à Tempérance.

– Bon, la presse réclame une déclaration et une date pour l'annoncer au grand public. L'office du tourisme souhaite savoir si nous pouvons commencer les visites au plus vite, vu l'engouement dans la presse. Ton père ne comprends pas avec quel argent tu as pu te rendre à la GWSC. Et tous nos distributeurs sont impatients qu'on leur dise quand ils pourront commander.

Je prends une profonde inspiration, un peu sifflante vu mon état de faiblesse, et je mets deux secondes pour assimiler toutes ces informations et réintégrer ma casquette de PDG.

– Fais un communiqué de presse. Dis aux infos que le *Spirit of Saint Louis* bénéficiera bientôt d'un lancement limité et exclusif, et que nous leur enverrons des bouteilles afin qu'ils puissent écrire eux-mêmes ce qu'ils en pensent.

Je marque un temps d'arrêt.

– Et dis à Jeff Doon que nous sommes en train de mettre au point nos visites inspirées des pratiques que j'ai pu découvrir dans une distillerie qui en organise à Dublin, et que dès que nous aurons fait le tour des problèmes de sécurité, nous reviendrons vers lui. Et dis-lui également qu'il faudra qu'il organise une visite de presse pour la toute nouvelle attraction de La Nouvelle-Orléans.

– Super, boss. Je note.

– Ok. Les distributeurs, à présent. Assure-toi qu'ils reçoivent le même communiqué de presse et dis-leur que nous prendrons leurs commandes à l'avance, mais qu'il faudra qu'ils nous règlent une partie à la commande, parce que nous allons vendre très rapidement les premiers lots.

– Imparable ! C'est encore mieux.

Je suis sur le point de lui dire que j'ai eu le meilleur professeur qui soit, mais je me tais. À la place, je prends un instant pour mieux me rendre compte des transformations que Lachlan a initiées. La confiance que j'ai gagnée et ma nouvelle autorité ne sont pas de simples coïncidences.

Il m'a permis de croire en moi. Voilà encore une faille dans mon armure. Je souris, je me sens PDG plus que jamais depuis que ce bureau de direction en sous-sol est devenu le mien.

Cela m'amène au problème suivant.

– Je m'occupe de mon père moi-même. Je ne veux absolument pas que lui, ma mère ou mes sœurs débarquent.

À l'autre bout du fil, Tempérance en reste muette.

– Est-ce que cela a un rapport avec les autres trucs dont tu dois me parler ?

Pendant un instant, je me demande s'il est bien sage de divulguer ce que je m'apprête à lui dire, mais il faut que Tempérance soit au courant. Vu ce que je sais de Lachlan Mount, aussi longtemps qu'il y a un danger qui pourrait éventuellement rejaillir sur moi, il est hors de question qu'il me laisse retourner à ma vie normale, même à mi-temps.

– Oui. Et j'ai besoin que tu me jures sur tout ce qui t'est sacré que tu le garderas pour toi. Raconter ce que je vais te dire pourrait littéralement te coûter la vie.

Pendant de longues secondes, Tempérance reste silencieuse au lieu de m'assaillir de questions, comme je m'y attendais. À sa place, je m'inquiéterais de savoir si je téléphone depuis un hôpital psychiatrique et si c'est pour ça qu'elle n'arrivait pas à me joindre, mais elle ne le fait pas. Elle me surprend.

– Je sais que tu penses que la vie, c'est tout noir ou tout blanc, Keira, mais pour certains d'entre nous, le gris est bien plus adapté. Quoi que tu me dises, cela restera entre nous deux. Je connais plein de choses qui pourraient m'envoyer six pieds sous terre, mais je sais aussi la fermer. Ce n'est pas la première fois que ma vie ni celle de quelqu'un que j'aime, dépendent de mon silence.

Sa réponse a beau ne pas être exactement ce que j'attendais d'elle, malgré tout, elle me convient parfaitement.

– Un jour, il va falloir que tu m'expliques ce que ça signifie, mais nous n'avons pas le temps aujourd'hui.

– D'accord, boss. Venons-en aux choses importantes.

– Je ne vais pas pouvoir venir au bureau pendant un petit moment.

– Voilà que tu vas me faire regretter de ne pas avoir un mot-code à utiliser entre nous si tu étais kidnappée.

Je ne peux m'empêcher de glousser tout en ressentant un pincement au cœur.

– Ouais, on pourrait sans doute en avoir besoin en effet, mais pas aujourd'hui. J'ai eu un léger accident et il y a une menace pour ma sécurité…

Tempérance me coupe la parole, l'air paniquée.

– Un accident ? Est-ce que tu vas bien ? Qu'est-il arrivé ?

– Je vais bien, mais… les conséquences de cet accident ne concernent pas que moi. Je ne peux pas tout te dire, sauf que j'ai besoin que tu prennes le relais en tant que nouvelle directrice adjointe. Il va falloir que tu gères la boîte pendant que je bosse à distance.

Elle me répond par un profond soupir.

– Keira, je lis entre les lignes et je n'aime pas ça du tout.

Je déglutis en tentant d'oublier au maximum mes douleurs, résolue à gérer la situation comme une véritable patronne.

– Je suis en sécurité, et certaine qu'il ne m'arrivera rien. Mais pour que cela continue, j'ai besoin que tu fasses exactement ce que je te dis.

– Ok, j'ai compris. Laissons tomber les questions. Moins j'en sais, mieux ça vaut. Dis-moi ce que tu veux que je fasse.

Je passe encore cinq minutes à donner mes instructions à Tempérance, tout en lui annonçant que je vais l'augmenter.

– Cela apparaîtra sur ta prochaine fiche de paie.

– Tu es sûre ?

– Oui.

Je me fiche que ce soit l'argent de Lachlan qui couvre les dépenses de manière temporaire, parce que *Seven Sinners* va réussir dans le monde du whiskey, grâce à lui d'ailleurs. Ou bien suis-je juste en train de m'affirmer comme la leader qu'il m'a fait réaliser que j'étais ? *Encore un changement.*

– J'ai tout ce qu'il me faut. Sauf que… je peux te demander d'être prudente ? Je sais que tu ne me racontes pas tout, mais j'en comprends assez pour savoir que tu es vraiment dans la merde. Et si cela a à voir avec ce que je crois, s'il te plaît, fais très attention.

– C'est ce que je fais, mais merci quand même.

Elle se tait un moment.

– Ok. Tu ferais bien d'appeler ton père.

– Tout de suite. Merci de m'avoir écoutée… et d'avoir lu entre les lignes.

– Je veux quand même un mot secret en cas de kidnapping.

– Je te promets que, dans ce cas, je te raconterai un truc à propos de chardonnay et de Prosecco.

Tempérance éclate de rire.

– Alors là, je saurai que tu es vraiment dans la merde.

– Exactement.

Je raccroche et je fixe le téléphone en me demandant comment je vais bien pouvoir faire pour me dépêtrer de mon prochain coup de fil.

CHAPITRE 8

MOUNT

– Où est-elle, bon Dieu ?

Quand j'ouvre les yeux, que je vois qu'il n'y a plus personne dans le lit à côté du mien et que la perf pend dans le vide, j'avoue que je pète un câble. La porte s'ouvre brusquement, Z et D se ruent à l'intérieur.

– Où est-elle ? je demande, et les deux hommes reconnaissent la menace froide dans ma voix.

– Avec V. Elle avait besoin de passer quelques coups de fil. Le boulot. La famille.

Mon instinct me dit de la jeter sur mes genoux et de la fesser pour être partie sans prévenir, mais je me retiens. Un peu. On ne change pas un loup en agneau.

– Où ça ?

– En haut, parce que nous sommes toujours confinés sans connexion ici. Selon vos ordres, boss.

V sait parfaitement que s'il arrivait quoi que ce soit à Keira sous sa surveillance, la sentence serait la mort et l'homme a prouvé qu'il était prêt à mourir pour moi. Je n'en attends pas moins de sa part vis-à-vis de Keira.

– Ramenez-la ici immédiatement.

– Mais, boss, Madame Kilgore nous a dit que nous ne pouvions pas vous laisser sans surveillance. Elle a dit…

Z hésite à poursuivre, je l'invite à le faire.

– Qu'est-ce qui s'est passé ? Qu'est-ce que Madame Kilgore a dit ?

– Elle a dit qu'elle nous tuerait tous les deux de ses propres mains si on vous laissait sans surveillance.

J'esquisse un sourire. Le fait que Keira donne des ordres à mes employés est une surprise. Une partie de moi n'était pas absolument certaine que ce qu'elle avait dit plus tôt n'était pas dû aux calmants, à l'adrénaline et au choc, mais apparemment j'avais tort. Keira accepte de rentrer dans un rôle que je n'étais pas sûr qu'elle accepte, et elle le fait sans que je l'y force.

– Et vous l'avez crue ?

Les deux hommes hochent la tête.

– Elle le pensait vraiment, Monsieur.

Je ne peux plus me retenir de sourire. *Ma petite sauvageonne.*

– Envoyez quelqu'un en haut lui dire que sa présence est souhaitée.

La porte jusqu'ici entrouverte s'ouvre en grand.

– Ma présence est souhaitée ? Cela sonne effroyablement officiel.

Même dans un haut qui peluche, de la couleur d'un Schtroumpf et trop grand de deux tailles, Keira a un port de reine.

Elle salue les deux hommes d'un signe de tête, et ils quittent la pièce en fermant la porte derrière eux pendant qu'elle s'avance vers son lit et le mien.

– Tu as pu régler ce que tu devais ?

– Oui. Autant que possible. J'ai délégué un maximum à Tempérance. Je l'ai nommée DG adjointe en mon absence et j'ai culpabilisé mon père, sans aucun remords je dois le reconnaître, en lui disant de ne pas venir tant que je n'étais pas prête à le recevoir.

La mention de son père me glace les sangs.

– Ce n'est pas un bon moment pour faire venir ta famille en ville.

– Je sais. Et ils ne viendront pas. Tu as encore quelqu'un qui peut les protéger ? Tous ?

– Oui. Ils resteront sous ma protection aussi longtemps qu'il faudra. Je n'ai pas l'intention d'arrêter. Je te l'ai promis, je tiendrai ma promesse.

Keira marque un arrêt entre nos deux lits. Je me rends compte qu'elle n'a plus beaucoup d'énergie. Moi, je suis capable de trouver comment transformer la douleur en force, mais c'est parce que je n'ai jamais eu d'autre choix. Elle ne devrait jamais avoir à le faire.

– Merci.

– Tu n'as pas à me remercier pour ça.

Je tends la main pour attraper la sienne.

– Viens ici.

Je la tire doucement et je recule dans mon lit en ignorant la douleur provoquée par ma blessure.

– Il n'y a pas la place.

– Connerie.

Elle fait une moue boudeuse mais vient quand même, et nous nous installons aussi confortablement que le lit nous le permet. Le visage de Keira est à quelques centimètres du mien quand je poursuis.

– Tu avais dit que tu ne me quitterais pas, et voilà que je me réveille tout seul.

– C'était une urgence. Je me suis assurée que tu étais protégé.

Je secoue la tête.

– Ce n'est pas à toi de faire ça.

– Tu n'aurais pas fait la même chose pour moi ?

– C'est différent.

Elle plisse les yeux.

– Non, ça ne l'est pas. Je ne sais pas ce qui nous a flanqués dans cette galère, mais je sais que je vais m'en sortir avec toi.

Nous. Le mot résonne dans ma poitrine. Je n'ai jamais fait partie d'un nous. Mais la façon dont elle le dit et dont elle a réagi au plus fort de l'action me fait réaliser qu'elle est bien la seule femme qui puisse se tenir à mes côtés.

– Tu peux donner des ordres à mes employés, mais jamais au détriment de ta propre sécurité. C'est ça, la limite à ne jamais dépasser.

– Bien, répond-elle avec une réticence évidente.

– J'ai un autre marché à passer avec toi.

Sa main serre la mienne, et cette façon qu'elle a de me toucher aussi facilement et volontairement me rend dingue.

– Je suis tout ouïe, Lachlan.

Je souris à nouveau en l'entendant m'appeler par mon prénom. Je commence à le faire trop fréquemment à mon goût, mais peut-être m'habituerai-je un jour à ce drôle de mouvement de mes lèvres. Ou bien je pourrai toujours faire couler plus de sang dans les rues pour faire contrepoids.

– Voilà. Sauf si je suis indisponible, inconscient ou en danger, c'est toujours moi qui donne les ordres à mes employés.

Sa bouche s'ouvre pour protester, mais je poursuis sans lui laisser le temps de réagir.

– Mais je vais leur expliquer que le moindre de tes ordres a autant de poids que les miens.

Ses lèvres se referment un bref instant avant qu'elle réponde.

– C'est d'accord.

– Deuxièmement, si je te dis de faire quelque chose pour ta propre sécurité, tu le fais immédiatement. Je pense que tu réalises que des situations dangereuses sont monnaie courante lorsqu'on fait partie de ma vie.

– J'ai compris.

Son absence d'arguments ou de discussion fait naître un nouveau sentiment en moi. *De l'espoir pour l'avenir.*

– Et enfin, c'est moi qui mène la danse au pieu.

Keira lève le menton et prend cette posture obstinée à laquelle je me suis habitué.

– Est-ce que tu vas mentir et me dire que tu n'aimes pas ça ?

Elle secoue sa tête.

– Non. Mais de temps en temps, je veux pouvoir prendre le dessus.

– On verra ça.

Cette fois, elle esquisse un petit sourire.

– Encore une chose.

– Quoi ? demande-t-elle sur un ton amusé.

– Embrasse-moi.

Elle se mord la lèvre, puis sa bouche effleure la mienne et je lui réponds tout aussi légèrement. Lorsque je recule, c'est avec son goût sur ma langue.

– Tu ne vas pas me donner un de ces ordres avant que tu sois guéri, dit-elle.

– Avant que *tu* sois guérie, je la corrige.

– Marché conclu.

J'inspire et je pousse un long et lent soupir. Je n'ai pas envie de changer de sujet, pourtant il est temps. Avant de me laisser griser par elle et notre éventuel avenir commun, je dois répondre à ses questions et lui dire la vérité.

Il est temps de montrer à Keira combien mon âme est sombre et de voir si elle va s'enfuir en courant.

Ce qui est exactement ce qu'elle devrait faire.

CHAPITRE 9

KEIRA

– C'est le moment de poser tes questions.

Le changement de sujet initié par Lachlan après nos négociations est perturbant, et j'essaie de comprendre pourquoi il le lance. Mais je ne lui demande pas. J'ai bien l'impression de déjà connaître la réponse.

C'est un test. Qui lui permettra de s'assurer que je m'accroche à la position que je suis en train de réclamer, ou que je quitte la pièce en hurlant.

À cet instant, je suis quasiment certaine que si je le lui demandais, il me délivrerait de notre marché. Quelque chose a changé en lui aussi. Je le sens.

– Tu as peur que je parte en courant en entendant tes réponses ?

– Est-ce que c'est ta première question ?

Son ton est sec, mais je comprends les sous-titres.

– Préliminaire. Je veux juste être certaine de comprendre pourquoi tu mets ça sur le tapis.

Mount plonge ses yeux dans les miens.

– Ne te méprends pas, Keira. Je ne suis pas un type bien. Si tu t'attends à une réponse vertueuse à chacune de tes questions, tu vas être déçue. La première impression que je donne est toujours la plus exacte.

Cette déclaration me remet en mémoire la première impression que j'avais eue dans mon bureau. C'était de la peur, mais avec quelque chose d'autre. Il avait attiré toute mon attention, tout en me mettant sur les nerfs. J'étais terrifiée par sa réputation, mais il dégageait une énergie qui m'avait captivée, avant même que je me rende compte que j'étais en danger.

En fait, ce n'était pas vraiment ma première impression. Parce que c'était arrivé avant que je sache qui il était vraiment. La nuit du bal masqué. La nuit où il avait changé le cours de ma vie sans que je le sache.

Ma véritable première impression de Lachlan Mount avait été : voilà l'homme que j'attendais depuis toujours, celui que je veux garder pour toujours.

Alors, peu importe ce qu'il me lance à la figure, je me raccrocherai à ce souvenir et à tout ce qu'il a fait depuis pour me prouver que j'avais raison.

– Je suis de taille à le supporter, lui dis-je alors sans hésiter.

– Alors, vas-y, pose-moi des questions.

On dirait qu'il me défie, ce qui augmente encore ma détermination. Peut-être que c'est de la psychologie inversée. Peut-être que c'est une autre façon de me baiser la tête. Mais je ne pense pas. Je suis pratiquement certaine que c'est, pour Lachlan, la façon de s'ouvrir le plus possible.

– Ok. Alors, commençons par une question facile. Est-ce que tu as payé mon mari pour disparaître et faire comme s'il était mort ?

Il répond sans une once de remords.

– Oui, mais tu le savais déjà.

– Est-ce que tu l'as tué ?

Lachlan reste muet et je me demande s'il va répondre. Au bout d'un moment, il le fait.

– Je ne te dirai jamais si j'ai tué quelqu'un ou pas. Non pas parce que je n'ai pas confiance en toi, mais surtout parce que je ne veux pas te mettre dans la situation d'avoir à porter ce poids sur la conscience, ou qu'on te demande de témoigner à propos de quel-que chose que je t'aurai dit.

Je me mords la lèvre, parce que ce n'est pas du tout la réponse que j'espérais. Celle-ci est beaucoup plus complexe. Sa réponse est aussi honnête que je pouvais l'espérer, et quelque part me sécurise plus que s'il avait répondu comme je m'y attendais. Et soudain, ça me frappe.

Lachlan Mount n'est pas seulement en train de protéger mon corps. Il essaie de protéger mon âme des péchés qui entachent la sienne.

Une vague d'émotion me submerge lorsque je le réalise. Il dit qu'il n'est pas un homme bon, mais il l'est mille fois plus que celui dont je viens de m'enquérir. Cela ne fait aucun doute pour moi. Mais j'ai besoin de savoir si Brett va revenir ou s'il est parti pour de bon. J'ai besoin de savoir si je peux avancer dans ma vie sans craindre que mon passé vienne me hanter à nouveau.

– Keira ? dit-il. (C'est là que je me rends compte que je suis restée muette plus longtemps que je le pensais.) Tu t'arrêtes à la première question ?

Je secoue légèrement la tête.

– Non, je… réfléchis, c'est tout.

– Et ?

– Je dois savoir s'il va revenir. Je n'ai pas besoin de connaître les détails. J'ai juste besoin de tourner la page.

Lachlan prend un air solennel pour répondre.

– Tu n'auras plus jamais à t'en faire avec lui.

Je suis traversée par un maelström de sensations et de nouvelles émotions, auxquelles s'ajoute une bonne dose de soulagement.

– Merci, je murmure.

Il semble surpris.

– Pourquoi est-ce que tu me remercies ?

– Parce que je ne veux plus voir sa tronche aussi longtemps que je vivrai.

– Tu ne la verras plus jamais. Question suivante.

Nous restons tous les deux silencieux un moment, avant que je décide quelle question poser. Au bout du compte, je m'aperçois qu'il en est une avec laquelle je n'ai jamais pu me réconcilier, à propos de la nuit où j'ai décidé que c'était le bon, le seul et l'unique, celui que j'avais attendu toute ma vie. Je n'arrive toujours pas à comprendre comment ça a pu arriver. On aurait dit une intervention du destin, mais j'ai besoin de connaître la vérité.

– Comment se fait-il que tu aies réceptionné mon mot, la nuit du bal masqué ?

Quand j'avais appris que c'était Lachlan et pas Brett, j'avais coupé court très violemment. Ce n'est plus du tout mon intention, mais je dois savoir.

– Ce n'est pas tant un « comment » qu'un « par qui », répond-il avec précaution, et les différentes possibilités me sautent à l'esprit, faisant un peu plus augmenter mon anxiété à chaque seconde.

– Qui alors ?

– Magnolia Maison.

CHAPITRE 10

MOUNT

Le visage de Keira blêmit.

Je me dis que j'aurais dû garder le secret, mais, en même temps, je lui ai promis de ne plus lui mentir. En outre, elle a besoin de savoir, même si j'ai une envie folle de la protéger de cette sensation de trahison qui est en train de l'envahir.

– C'est Magnolia qui t'a donné le mot ? Comment ? Pourquoi ? Je ne comprends pas pourquoi elle aurait fait ça. Tu m'as dit que tu pensais que j'étais un cadeau. Cela n'a aucun sens.

J'aimerais avoir de meilleures réponses à lui fournir, mais Magnolia ne me les a pas données.

– Je ne sais pas quelles étaient ses motivations, mais elle en avait sûrement.

– Mais…

Abasourdi. C'est la seule façon dont je puisse décrire le visage de Keira. Je glisse mes doigts entre les siens et je les serre. Je ne peux me permettre que cela crée la moindre gêne entre nous.

– Magnolia est une mère maquerelle. Elle est devenue puissante en étant capable de procurer les meilleures filles pour n'importe quelle occasion.

– Mais bon sang, pourquoi m'a-t-elle embringuée, moi, là-dedans ?

La voix de Keira est pleine de désarroi.

Je voudrais la prendre dans mes bras et la serrer très fort, surtout parce que je déteste la voir souffrir, mais elle réagit ainsi. Je l'ai appris, je la laisse donc tranquille. Un petit moment, du moins. Si seulement je pouvais lui épargner cela… mais je ne peux pas. Elle a le droit de connaître la vérité.

– Elle savait pourtant que ce mot devait être envoyé à Brett. Elle…

Keira se tait, j'imagine ce qu'elle pense.

– C'est elle qui t'avait suggéré de l'écrire ?

Keira hoche la tête, comme si elle n'avait plus de mots. Sa confusion et ses sentiments se bousculent sur son visage. Si je dois absolument clarifier une chose avant la fin de cette conversation, c'est combien je suis reconnaissant d'avoir reçu ce mot.

– Regarde-moi, Keira.

Elle plonge son regard dans le mien.

– Peu importe comment ou pourquoi elle a fait ça, recevoir ce mot est la plus belle chose qui me soit jamais arrivée. Ça t'a fait entrer dans mon radar. Sans elle, je n'aurais pas su que tu existais.

Elle déglutit et hoche la tête.

– Ce n'est pas ça qui me contrarie. Non. Je le jure. Je ne voudrais pour rien au monde effacer cette nuit-là.

Elle me serre la main. Ses yeux et sa poigne me remplissent d'un nouvel espoir dans l'avenir. Nous sommes plus forts que ça. Plus forts que les circonstances qui nous ont mis en relation. Les motivations de Magnolia ne comptent plus pour moi, mais je sais qu'ils comptent pour Keira et je comprends pourquoi elle a besoin d'obtenir des réponses.

Malheureusement, je ne peux pas lui offrir celles que je n'ai pas. Ce que j'ai, en revanche, c'est un peu plus d'informations, qui, je l'espère, ne la rendront pas plus malheureuse encore.

– Le mot m'a été transmis par coursier, ce qui m'a intrigué. Magnolia disait qu'elle avait quelqu'un de spécial pour moi et que le donateur anonyme savait que j'apprécierais. Elle m'assurait que je ne trouverais jamais aucune femme qui lui soit comparable, et elle avait totalement raison. Tu es incomparable. Inoubliable.

CHAPITRE 11

KEIRA

La main de Lachlan étreint la mienne. Je prends la force qu'il m'offre, malgré l'indéniable choc que j'ai ressenti devant la tromperie de Magnolia. Avant ça, j'ignorais qu'on puisse être déchiré par deux émotions diamétralement opposées. Je suis reconnaissante envers Magnolia de m'avoir mise sur le chemin de Lachlan, mais la violence de l'impression de trahison que j'éprouve est indéniable. Elle m'avait dépeint un homme plus effrayant que le diable en personne et, pourtant, elle m'a jetée dans ses bras. Elle ne pouvait pas se douter de la façon dont les choses allaient tourner. Ou bien, si ? Je… je ne comprends pas.

– Je ne sais pas si ma meilleure amie a joué les entremetteuses ou si elle a voulu me prostituer.

Lachlan serre mes doigts d'une main et m'attrape le menton de l'autre.

– Ne te raconte pas que cela ne concerne que toi. Elle s'est jouée de nous deux, Keira. Comme un chef. Si je t'ai dit que c'est la meilleure dans son domaine, ce n'est pas sans raison. Elle me connaissait. Elle savait ce que j'aime, peut-être même mieux que moi. Et elle t'a mise sur mon chemin, toi la seule femme qu'elle savait que je voudrais garder. Tu étais ma came ultime. Elle a parié que je serais accro, et elle avait raison.

Je reste bouche bée, pour à peu près la dixième fois en quelques minutes, et pas uniquement parce que j'avais ressenti exactement la même chose après cette fameuse nuit. J'en voulais plus. Merde, j'ai épousé dès le lendemain le type que je croyais être lui.

– Je ne comprends pas ses motivations, pourtant. C'est ça qui n'a aucun sens.

Et c'est cela qui m'a vraiment bluffée. Était-ce un de ces cas où *Magnolia savait mieux que tout le monde* ? Ou jouait-elle à la roulette russe avec ma vie ?

– J'aimerais beaucoup avoir une réponse à t'offrir, mais je n'en ai pas. Magnolia Maison n'est pas arrivée là où elle en est sans de bonnes raisons. Elle est intelligente. Prudente. Je l'ai toujours respectée. Mais il faut que tu saches encore une chose importante.

Je m'attends à une autre confession, que je ne suis pas certaine de pouvoir supporter.

– Quoi ?

Les yeux sombres de Lachlan s'adoucissent encore, son pouce me caresse le menton.

– Deux jours après le bal masqué, je ne pouvais toujours pas cesser de penser à toi. De me remémorer à quel point tu étais incroyable. Comment tu avais exigé ce que tu voulais et comment, pourtant, tu m'avais tout donné.

Ses paroles me réchauffent, les souvenirs remontent à ma mémoire, me faisant un peu oublier la trahison pour me concentrer sur ce qui compte le plus, là où j'en suis arrivée à cause d'elle.

– Je suis retourné voir Magnolia et je lui ai dit que je te voulais encore. À long terme. Et en exclusivité.

– Tu as fait ça ? Je suis sidérée.

– Bien sûr. Ce que tu exigeais et offrais était complè-tement unique. Elle avait atteint son but. Elle savait que j'étais ferré.

La confusion m'envahit à nouveau.

– Tu penses qu'elle s'attendait à ce que je me mette à travailler pour elle ?

– Je n'en sais rien, mais quand je lui ai demandé sous quelles conditions je pouvais t'avoir…

Comme je fronce le nez en entendant ce terme, de son côté, il fronce les sourcils.

– Sauvageonne, voilà qui j'étais et comment j'agissais. Les femmes étaient des objets. À posséder. À utiliser. Et à chasser de mon esprit dès que mes couilles étaient vidées. Je ne peux pas changer cela.

– Tu sais, je ne suis pas obligée d'aimer cette partie de ta vie.

Son regard plonge dans le mien.

– Voilà qui j'étais avant toi, dit-il en insistant sur chaque mot. Je ne pouvais pas t'oublier. Tu t'étais insinuée dans ma vie. Tu as tout chamboulé.

Sa confession m'attendrit, mais cela ne change rien au fait que Magnolia m'ait menti. Pourtant, ce n'est pas la faute de Lachlan et je ne lui en tiendrai pas grief.

– Et que s'est-il passé ?

– Magnolia m'a dit que c'était un one shot. Que tu n'étais pas de la partie. Que tu avais besoin de cash et que tu n'avais accepté que pour une seule fois.

Le poids qui m'oppressait la poitrine diminue légèrement.

– Elle n'avait donc pas prévu de me mettre sur le marché.

Lachlan secoue la tête.

– Non. Je ne comprends peut-être pas pourquoi elle l'a fait, mais je pense qu'elle était honnête quand elle m'a dit que c'était l'histoire d'une seule et unique fois.

Je voudrais le croire, mais je ne sais plus quoi penser de ma meilleure amie. Je n'aurais jamais imaginé qu'elle soit capable de ça. Du coup, c'est difficile de lui faire confiance sur quoi que ce soit d'autre.

– Comment peux-tu en être aussi sûr ?

– Parce que je lui ai offert une fortune pour une autre nuit, et qu'elle a refusé.

Là encore, les mots que je redoutais allègent la douleur de la trahison.

Il me vient alors à l'esprit que Magnolia n'avait pas d'autre choix possible.

– Elle ne pouvait pas t'accorder d'autre nuit parce que je m'étais enfuie avec Brett. Je l'ai épousé le lendemain à cause de ce qui s'était passé lors du bal masqué. Je croyais que tu étais lui. C'était la première décision impulsive de ma vie…

Lachlan pousse un soupir.

– J'aurais dû aller la voir tout de suite. Tu aurais été mienne à partir de cette nuit-là. Quand elle m'a dit que tu avais épousé quelqu'un d'autre, et que tu étais donc intouchable, en dehors de notre monde, a-t-elle dit, j'étais furieux.

– Je ne l'aurais jamais épousé si j'avais su…

Il passe délicatement un bras autour de ma taille et il m'attire à lui. Il guide mon visage vers ses lèvres.

– Je ne t'aurais jamais laissée faire.

Ses lèvres frôlent les miennes et je me penche pour m'imprégner de sa chaleur et de sa force de conviction. Cet homme a changé le cours de ma vie sans même le savoir. Quand il libère mon menton, je croise son regard.

– Si tu as dû me laisser partir à cause de Brett, comment tout cela est arrivé ? dis-je en nous désignant l'un après l'autre.

– Rien n'est hors de ma portée, Keira. Rien.

Je dois prendre sur moi pour ne pas sourire devant une telle arrogance. Dans ce tourbillon d'émotions confuses, une chose est absolument claire, Lachlan Mount n'a pas hésité une seconde sur ce qu'il voulait. C'était moi. Les pièces du puzzle commencent à s'assembler.

– Donc tu… as fais en sorte que cela se produise. Depuis le début, tu tirais les ficelles.

– Bien sûr. Quand tu offres un bon prix, rien n'est impossible.

Je ne peux même pas lui en vouloir. Comment aurait-il pu me faire tomber amoureuse de lui autrement ? Je n'arrive pas à imaginer d'autre chemin qui aurait pu nous mener là où nous en sommes. Ce qui rend tout encore plus déroutant. Je songe à la façon dont Magnolia m'a dit de me défendre, de ne pas le laisser prendre le dessus. Elle m'a dit que je devais garder le contrôle. Savait-elle qu'ainsi il ne perdrait pas son intérêt pour moi ?

Tout ce qu'elle m'a dit est comme remis en question aujourd'hui. Pendant que je réfléchis à tout ça, Lachlan poursuit.

– Je l'ai obligée à me donner ton nom. Je t'ai pistée, j'ai découvert à qui tu étais mariée. J'ai commencé à t'observer ce jour-là. À faire des recherches. J'ai découvert les points faibles de Brett. J'ai appris qu'il t'avait trompée. Et puis, j'ai attendu…

Il se tait, mais je meurs d'envie de savoir la suite.

– Tu as attendu quoi ?

– Que tu te rendes compte par toi-même de qui c'était. Je me suis forcé à me tenir à l'écart jusqu'à ce que tu décides de rompre tes liens.

– Pourquoi attendre ? Cela ne te ressemble pas du tout.

J'essaie de trouver une explication, sans vraiment y parvenir.

– Peut-être pas d'habitude, mais toi, tu étais différente.

Il penche la tête.

Toujours confuse, je lui demande :

– Parce que tu avais besoin que je sois la plus faible possible pour fondre sur moi ?

– Non, au contraire, je voulais que tu sois la plus forte possible.

– Mais j'étais en mille morceaux.

– Non, tu ne l'étais pas, Keira. Tu devenais toi-même. Prendre la décision de tout arrêter t'a demandé un courage dingue.

Je cligne des yeux deux fois de suite. Il a raison. Choisir de mettre fin à mon mariage n'a pas été chose facile. J'ai lutté, j'ai souffert avant de le décider. Même si mon mariage n'a pas duré longtemps, cela me fait encore terriblement mal de réaliser à quel point je me suis trompée.

– Donc, tu as surveillé et attendu. Ce qui explique comment tu connaissais le parfait timing. Quand je suis allée voir l'avocat. Quand j'ai pris l'appartement. Quand j'ai mis les choses en route.

Je pose deux doigts sur mes tempes, d'autres pièces du puzzle se mettent en place. Si je n'avais pas déjà mal au crâne, ce constat m'aurait flanqué la migraine.

– Et ce connard a accepté de prendre le fric et de se barrer en sachant que tu allais me récupérer.

Lachlan n'essaie pas de nier.

– J'ai fait ce que je devais faire pour obtenir ce que je voulais.

– Alors, tout ce truc, depuis le début, n'avait rien à voir avec le fric…

Je lance ces mots, effrayée par la teneur de ce que je suis en train de réaliser.

Il lève une main pour remettre en place une mèche de mes cheveux derrière mon oreille.

– Non, Keira. Il a toujours été question de toi.

CHAPITRE 12

KEIRA

Il a toujours été question de toi...

La façon dont il le dit me fait frissonner, mais pas de peur. Plus jamais de peur. C'est tout à fait autre chose, la certitude que jamais personne ne m'a désirée comme cet homme. Il l'a reconnu lui-même. J'étais sa drogue. Il aurait pu sortir sa capuche et ses hommes de main pour m'enlever le jour où il a découvert que j'avais épousé Brett, mais il ne l'a pas fait.

Lachlan Mount n'est pas seulement impitoyable, c'est un modèle de persévérance. Il dit que Magnolia est rusée, mais lui, c'est un maître en stratégie. Je ne peux pas m'en plaindre, mais je dois bien reconnaître que je n'étais qu'un pion dans un jeu encore bien plus compliqué que je l'imaginais.

– Tu as joué aux échecs avec ma vie et je ne savais même pas que j'étais sur l'échiquier.

Il n'y a aucune trace de colère dans ce que je dis. Je cherche juste à résoudre l'énigme que représente cet homme.

– La vie est une partie d'échecs, Keira. Chaque jour que Dieu fait, tu fais des mouvements qui déterminent ton avenir.

– Et Magnolia m'a transformée en pion.

– Non.

Lachlan secoue lentement la tête en m'observant avec tendresse.

– Tu te trompes, sauvageonne. Tu n'as jamais été un pion. Tu as été la reine, depuis le début. La pièce la plus puissante de tout ce putain d'échiquier.

– Comment ?

Soudain, je regrette de ne pas avoir prêté plus attention quand, petite fille, mon père avait essayé de m'apprendre à jouer aux échecs.

– C'est le roi qui a le plus de valeur, mais sans la reine, il est incroyablement moins puissant. Ensemble, ils ont toutes les chances de victoire.

Il fait une pause en caressant ma joue comme si c'était la chose la plus précieuse au monde.

– J'ai passé ma vie à fuir le moindre attachement, parce que je pensais que ce serait une faiblesse que mes ennemis pourraient exploiter. Je ne réalisais pas à quel point j'avais tort, jusqu'à toi. Tu me donnes de la force, et je le jure devant Dieu, je ne laisserai personne t'enlever à moi.

La véhémence de ses paroles devrait me faire peur, or il se trouve qu'elle me réconforte. C'est alors qu'il lance quelque chose qui me touche encore plus profondément.

– Et malgré cela, je te laisse poser toutes les questions que tu veux. Je me présente devant ton jugement. Décide par toi-même. J'ai besoin de savoir si tu peux supporter de vivre à mes côtés, Keira, parce que si tu ne le peux pas, il va falloir que je trouve un moyen de te laisser partir.

Cette suggestion me brise le cœur bien plus je ne l'aurais jamais cru possible. Bientôt des larmes me brûlent les yeux.

– Si tu as une autre question, pose-la maintenant.

Mon cerveau carbure à cent à l'heure, et je n'arrive pas à penser à quelque chose qui me ferait changer d'avis. Pas maintenant.

Sauf…

Je pose une main sur ma bouche lorsque soudain me revient à l'esprit l'histoire atroce que m'a racontée Magnolia : il avait un jour forcé une femme à danser sur des tessons de verre. Franchement, je n'arrive pas à concilier ça avec l'homme qui se tient en face de moi. Et qui plus est, je ne veux même pas envisager la possibilité que ce soit vrai.

Lachlan a dû s'apercevoir de mon trouble… peu à peu, il me lâche.

– Pose ta question, Keira.

C'est un ordre. En inspirant un bon coup, je prends mon courage à deux mains. Je ne sais pas ce que je ferai si j'ai tort et que c'est la vérité.

– Magnolia m'a raconté un truc à ton propos…

Son visage devient complètement inexpressif, une immense froideur s'y installe. C'est ce masque de granit que je ne supporte pas de voir. Comme s'il s'attendait au pire, et peut-être est-ce le cas.

– On raconte beaucoup de choses sur moi. Sois plus précise. Certaines sont vraies, d'autres sont des rumeurs et des mythes.

Il faut que je me lance. C'est la seule chose à faire. Donc, j'y vais.

– L'histoire de la femme forcée de danser sur du verre pilé. Est-ce que c'est vrai ?

Son expression ne change pas, mais il s'éloigne un peu et j'ai l'impression que la distance entre nous est celle du Grand Canyon.

– C'est vrai.

CHAPITRE 13

MOUNT

Je repousse mes émotions, et je me prépare à l'inévitable. Au moment où Keira va me dire qu'elle ne peut pas être avec un monstre tel que moi. Je suis le diable en personne, c'est impossible qu'elle veuille continuer avec quelqu'un capable de commettre une chose pareille. La laisser partir va mettre en lambeaux les restes d'humanité que je possède encore, mais je ne la garderai pas prisonnière contre sa volonté.

Plus maintenant.

Je pense vraiment que nous avons dépassé ce stade. Si elle prend la décision de partir, en aucun cas, je ne la retiendrai.

Elle est devenue livide, et la lueur de détresse qui brille dans ses yeux me fait mal. Je ne veux pas qu'elle ait peur, mais comment un homme tel que moi pourrait-il mériter autre chose ?

De lourds instants de silence pèsent sur nous jusqu'à ce que Keira, la reine dont j'ignorais avoir besoin jusqu'à ce que nous soyons tous les deux pris dans quelque chose que nous n'avons pas vu venir, retrouve sa voix.

– Dis-moi pourquoi.

Ce n'est pas une question. C'est un ordre, et un ordre que je n'aurais pas cru qu'elle me donne. Je ne m'attendais pas à ce qu'elle s'en soucie.

– Est-ce que cela a la moindre importance ?

Elle hoche imperceptiblement la tête, mais je m'en aperçois tout de même.

– Ça compte plus que tout ce que je t'ai jamais demandé. S'il te plaît, dis-moi pourquoi tu as fait une chose pareille. J'ai besoin de croire qu'il y avait une bonne raison.

Sa voix est remplie de larmes, je préférerais prendre une autre balle que d'entendre ça.

Je ne me justifie devant personne. Jamais. Pourtant, je sais que, cette fois, je dois faire une exception, sans quoi je vais la perdre pour toujours.

Je me détourne, je ne veux pas la regarder en face en lui racontant.

– Il y a environ dix ans, il y avait un môme qui faisait des claquettes aux carrefours du Quartier Français, près de Jackson Square. Je le voyais pratiquement chaque fois que je passais par là. Le même gamin, jour après jour, après jour. Les gens pensent que quand tu es le boss, tu ne remarques pas les détails, mais c'est complètement faux. Quand on a le pouvoir comme je l'ai, on sait que les détails font toute la différence entre la vie et la mort. Mais là, il ne s'agissait pas d'un de ces détails. Cela n'aurait rien dû me faire de voir ce môme tous les jours, mais quelque chose me tordait les tripes.

Je fais une pause en me rappelant l'expression du gamin, et je me force à poursuivre.

– Chaque fois que je le voyais, il était un peu plus erratique. Il aurait dû être en classe, du moins c'est ce que je pensais. Il n'avait pas plus de six ou sept ans, je ne savais pas trop, il n'avait que la peau sur les os.

Keira pousse un soupir horrifié devant le tableau que je lui dépeins, mais je ne la regarde pas. Je suis trop perdu dans mes souvenirs.

– Un jour, j'ai fini par m'arrêter et je suis resté assis sur un banc pendant six heures à le regarder, avec son panier posé devant lui, dans lequel les touristes déposaient des dollars. Toutes les deux heures, un homme ou une femme se faufilaient, le vidaient, et le môme continuait à danser. J'ai assez vécu pour repérer les accros à toutes sortes de substances. Les accros à la meth ne sont pas difficiles à reconnaître.

– Oh mon Dieu, murmure Keira, qui comprend où je veux en venir.

Je continue à fixer un point sur le mur, loin derrière son épaule, parce que la rage qui monte en moi, à me souvenir, n'est pas quelque chose que je désire lui montrer.

– Je t'en supplie, ne me dis pas qu'ils…

Elle s'arrête et j'aimerais pouvoir la détromper.

– La défonce au Glass, cette forme la plus puissante de méthamphétamine, peut durer de huit à vingt-quatre heures. Quand il commençait à ralentir, ils ramassaient le panier et embarquaient le môme un moment. Ce jour-là, je les ai suivis et j'ai regardé cette femme, sa salope de mère, lui en donner.

Un sanglot échappe à Keira.

– Non. Comment a-t-elle pu ?

– Il y a des foules de parents qui font des trucs horribles à leurs enfants, c'est impossible de tous les sauver.

– Je ne peux même pas imaginer…

– Tu ne devrais pas avoir à le faire. Ce genre d'horreur ne devrait pas arriver, putain, pourtant c'est le cas.

– Alors, qu'est-ce que tu as fait ?

– J'ai appelé certains de mes gars. On a embarqué le môme, la mère et l'enfoiré qui était à la fois son petit copain de merde et son dealer.

Je quitte le mur du regard et je croise celui de Keira, horrifié, alors que je confesse à quel point je peux être brutal sans le moindre remords.

– Elle se servait de Glass pour faire danser son môme, et c'est ce qu'elle a récolté, elle aussi.

Keira serre son poing sur sa bouche comme si elle cherchait à s'empêcher de vomir, ce que je comprends.

– La justice de la rue, ce n'est pas une tape sur les doigts ou quelques jours de taule. C'est plus dur que la loi du talion. C'est violent. C'est brutal. Sans aucun remords.

En lisant le dégoût sur son visage, j'ai soudain envie d'être né différent. Un homme qui la mériterait. Mais ce n'est pas le cas. J'ai été forgé par les feux de l'enfer dans lesquels j'ai grandi. J'ai survécu à la rue de la seule façon que je connaissais, en grimpant les échelons de l'organisation de Johnny Morello.

Je détourne le regard, j'attends qu'elle coure vers la porte d'entrée. À la place, elle me pose calmement une question inattendue.

– Comment s'appelait ce garçon ?

– Rubio.

Je regarde le drap blanc serré dans mon poing afin de me concentrer sur autre chose qu'elle. Elle ne s'enfuit toujours pas.

– Que lui est-il arrivé ?

Je m'efforce de desserrer mon poing et de garder un ton le plus neutre possible.

– Je me suis arrangé pour qu'il soit adopté par une famille bien. Une famille qui ne lui ferait plus jamais de mal, parce qu'ils savaient quelle serait la sanction. Je lui paie une école privée. Il a de bonnes notes. Il a déjà été repéré par des écoles de D1[2] pour le basket-ball, mais il peut aller là où il veut, et il le sait.

---

2. La Division 1 est le plus haut niveau de sport universitaire de la National Collegiate Athletic Association, aux États-Unis.

Keira pose sa main sur la mienne, et je tourne la tête pour la regarder.

– Tu l'as sauvé, murmure-t-elle.

– J'ai regardé sa mère s'ouvrir les poignets. (Mon ton est dur, comme je le suis.) Et n'essaie pas de me faire passer pour un héros, parce que c'est vraiment la dernière chose que je suis.

Le regard vert de Keira se trouble.

– Je n'ai pas besoin d'un putain de héros, Lachlan. J'ai besoin d'un homme qui n'a pas peur de défendre ceux qui sont sans défense. Tu peux appeler ça comme tu veux, pour moi, c'est de la justice et de l'honneur.

– Tu ne comprends pas.

Elle secoue la tête, son menton têtu se soulève comme par défi.

– Non, c'est toi qui ne comprends pas. Tu ne le vois pas, mais moi si. Je suis prête à parier que ce môme n'est pas le seul que tu as sauvé d'un destin atroce. Combien d'autres innocents as-tu vengés ?

***

Dix-huit ans plus tôt

Le boss m'a envoyé rencontrer l'un des anciens chefs du cartel installé par la CIA, pour sa retraite, dans une maison pépère du Garden District. Les gens qui pensent que le trafic de drogue a été initié uniquement par ceux qui vivent au sud de la frontière feraient bien de regarder plus près de chez eux. La guerre contre la drogue est une blague, parce que c'est une guerre que nous avons initiée et qui ne s'arrêtera jamais. J'étais censé déposer un paquet et en rapporter un autre à la place. Un échange de cash contre des informations. S'il est une chose que m'a apprise Johnny Morello, c'est que l'information, ça peut s'avérer inestimable. Ces dix dernières années, j'ai grimpé les échelons de son organisation du crime. Une fois que vous êtes dedans, la seule façon d'en sortir, c'est dans un cercueil. Mais comme je n'avais nulle part d'autre où aller, je me suis contenté de pelleter la merde et de me hisser peu à peu. Maintenant, j'ai un job de confiance. Morello m'a pris sous son aile pour une raison que j'ignore. Je suis en formation. Je le sais. Tout le monde le sait. Et, apparemment, le vieil homme qui sirote de la tequila dans son jardin, comme s'il avait tout le temps et que je n'avais pas d'autre endroit où aller, le sait aussi.

– Vous avez le paquet ? je lui demande pour la seconde fois.

Comme Morello, je ne me répète pas très souvent.

– Asseyez-vous. Je n'aime pas beaucoup vous voir debout.

Le vieil homme parle avec un fort accent, je me demande ce qu'il peut bien échanger avec les fédéraux dans ce coup monté. Je m'assieds en face de lui et je me mets à pianoter sur la laine italienne de mon pantalon. Vous vous dites qu'avec la chaleur de La Nouvelle-Orléans, je dois transpirer, mais le tailleur de Morello n'utilise que les meilleurs, les plus légers des tissus. Et si quelqu'un m'avait dit, il y a dix ans, que je porterais plus souvent un costume que des tee-shirts déchirés et tachés, j'aurais rigolé. Et j'aurais eu tort. Il y a cinq ans, après que je lui ai prouvé ma loyauté, Morello m'a fait entrer dans son premier cercle, et Giorgio m'a confectionné mon premier costume. Je n'aurais jamais cru pouvoir m'habituer à la sensation de la soie sur ma peau, mais à présent, c'est comme une seconde nature. J'ai fini par comprendre pourquoi les hommes qui portent des costumes semblent plus sûrs d'eux, plus en contrôle. Parce que c'est exactement ce que j'ai ressenti la première fois que je me suis regardé dans un miroir. C'est aussi ce jour-là que Morello a engagé un prof pour m'apprendre à ne plus parler comme un môme des rues et pour donner l'impression que j'avais eu une autre éducation que celle du sang et de la survie.

– Vous semblez être quelqu'un d'intelligent, Monsieur Mount. Morello vous a formé pour devenir son second, n'est-ce pas ?

– Monsieur, avec tout mon respect, je suis ici pour réceptionner le paquet. Je dois me rendre ailleurs.

Le vieux Mexicain secoue la tête.

– Je ne m'habituerai jamais à certaines de vos coutumes, à vous les Américains. Dans ma culture, les choses sont différentes.

– C'est que nous n'avons pas beaucoup de temps pour flâner. Du moins, pas dans l'organisation de Monsieur Morello.

Le vieil homme attrape une enveloppe à côté de lui, celle qui contient l'information que nous achetons afin de prendre le contrôle de l'approvisionnement en drogue, pour mettre le cartel sur la touche. Pour l'instant, du moins. Je suis suffisamment malin pour voir ce qui va se passer. Leur pouvoir va continuer à croître, et finalement, nous devrons passer un accord avec eux. Morello n'est probablement pas d'accord, mais parfois son arrogance l'empêche d'y voir clair.

Lorsque le vieil homme finit par me tendre l'enveloppe, je m'avance pour la prendre, mais il la garde fermement serrée dans sa main.

– Dites-moi, Monsieur Mount, êtes-vous vraiment un homme bien ?

Je me cabre devant cette question.

– Qu'est-ce que cela a à voir avec la situation ?

– Juste à satisfaire la curiosité d'un vieil homme.

Je plonge le regard dans ses yeux bruns fanés et je lui dis la vérité.

– Non, je ne le suis pas.

Pour une raison que j'ignore, cela semble lui plaire.

– Je respecte votre honnêteté.

Son sourire disparaît aussi vite qu'il est apparu.

– Mais je ne respecte pas celle de votre boss. Il règne par la peur et l'intimidation. Sans le respect.

Le pouvoir véritable et la capacité à le garder requièrent les trois.

Cette déclaration me frappe, parce que je comprends qu'elle est vraie. Pourtant, je reste imperturbable parce que je sais envers qui va ma loyauté, et ce n'est pas envers ce vieux Mexicain.

– Quel que soit le problème que vous pouvez avoir avec Monsieur Morello, cela ne me regarde pas.

Le vieil homme penche un peu la tête de côté.

– Et si je vous disais qu'il apprécie les très jeunes filles ?

Je serre les dents. C'est comme si ce type connaissait mes points faibles.

– Tant que c'est légal et qu'elles sont d'accord, cela ne me concerne en rien.

Je connais les goûts de Morello. Plus elles sont jeunes et blondes, mieux c'est. Toutefois, j'ai diligenté des recherches et je me suis assuré qu'elles ont l'âge légal et qu'aucune ne semble avoir été forcée. Je ne suis peut-être pas un type bien, mais il y a des limites.

– Et si jamais elles n'avaient pas l'âge légal, qu'elles n'étaient pas consentantes ?

Je me relève et je le regarde bien en face.

– Allez au fait, parce que je ne suis pas là pour jouer au jeu des questions-réponses.

Mon ton respectueux a disparu, tout comme ma patience.

Il regarde mon costume.

– Votre tailleur, il a une fille. Elle est blonde et jeune. Quel âge a-t-elle ?

Le fait qu'il connaisse ce genre d'information me fait vaguement comprendre pourquoi la CIA le traite comme un putain de roi.

– Où voulez-vous en venir ? je gronde.

Je n'aime pas ses sous-entendus. Une partie de moi pense qu'il cherche juste à m'embrouiller pour voir jusqu'à quel point je suis loyal. Peut-être que c'est un test. Peut-être que c'est un truc que lui et Morello ont concocté ensemble.

– Gardez un œil sur la fille de votre tailleur, si elle compte un tant soit peu pour vous. Parce qu'apparemment, l'âge légal, c'est trop pour Morello ces derniers temps.

La pensée de Morello touchant Greta, une fille de quatorze ans, le même âge que celui de Hope quand Jerry avait tenté de la violer, déclenche la même rage meurtrière en moi que cette nuit-là.

– Qu'est-ce que vous en savez ? Et pourquoi me dites-vous ça ?

Le vieil homme hausse les épaules.

– Peut-être que je n'aime pas les hommes qui font du mal aux enfants. C'est quelque chose que nous avons en commun, m'a-t-on dit.

Il ne peut pas connaître mon passé. C'est impossible. Je lui arrache l'enveloppe des mains et je la glisse sous mon bras.

– Ravi de faire des affaires avec vous.

– Et avec vous aussi, Monsieur Mount. J'espère vous revoir bientôt.

***

Les paroles du vieux Mexicain m'ont hanté pendant des jours. Je rapporte l'enveloppe à Morello, mais je ne dis pas un mot des accusations. À la place, j'observe et j'attends. En priant pour que le vieil homme m'ait raconté des salades.

Quand Morello envoie Giorgio en Italie choisir de nouveaux tissus, une sensation étrange s'insinue en moi. Greta et Giorgio vivent sur place. Giorgio est veuf, et Morello l'a assuré qu'on veillerait sur Greta en son absence. On m'envoie faire des courses en permanence, il m'est donc impossible de garder un œil sur elle, comme j'avais l'habitude de le faire en dormant devant la porte de Destiny et en veillant sur Hope.

J'espère que le vieux s'est trompé, mais mon instinct me dit qu'il a raison. Je rentre donc volontairement tôt d'une course en passant par le réseau secret des couloirs intérieurs pour rejoindre le bureau de Morello. C'est la seule pièce sans judas, et j'entre par le passage secret sans demander la permission, un geste qui pourrait me coûter la vie. Mais mon instinct me pousse à le faire.

Je n'arrive pas à croire ce que je vois. La grande main de Morello enfouie dans les cheveux de Greta, il l'a jetée sur son bureau. Il a la bite à l'air, et son chemisier à elle est déchiré. Ses cris et ses pleurs m'emplissent les oreilles, puis l'adrénaline prend le dessus.

Je vois Hope et Jerry. Pas Greta ni Morello. Un calme meurtrier m'envahit et je ne prends pas le temps de penser aux conséquences de mes actes.

Je sors mon arme de son holster et je traverse la pièce en silence. Avec un sang-froid étonnant, j'appuie le canon contre sa nuque chauve avant qu'il puisse faire le moindre mouvement.

– Ôtez vos sales pattes d'elle.

Je dis cela d'une voix basse, pleine de rage contenue.

– Qu'est-ce que tu fous, gamin ? demande Morello d'une voix dure. Fous le camp ou je te descends moi-même.

– Ôtez. Votre. Main. D'elle.

Je prononce chaque mot séparément.

– Tu vas mourir, gamin. Pourtant, j'avais de grands espoirs te concernant.

Morello repousse Hope, je veux dire Greta. Du coin de l'œil, je peux voir son visage inondé de larmes figé par la peur.

– Dis-moi que c'est la première fois que tu la touches, et je me contenterai de te mettre une balle dans le crâne.

– Va te faire foutre, gamin ! Et ne pose pas de questions, sinon je vais me fabriquer un presse-papiers avec ta tête.

– Greta ? je demande sans la regarder, en conservant mon attention et mon arme sur Morello.

Elle sanglote sans répondre.

– Dites-le-moi, Morello. Racontez-moi que vous ne l'avez jamais touchée auparavant, ou c'est votre tête qui va devenir un presse-papiers.

Mon boss finit par se rendre compte que je suis extrêmement sérieux.

– J'ai à peine touché cette fille. C'est elle qui l'a demandé. Elle est venue me supplier. Elle voulait goûter à un homme véritable.

– Il ment, crie Greta d'une voix cassée. Il m'a dit qu'il me tuerait si je le racontais à quelqu'un.

– Combien de fois ? je demande sur un ton froid.

– Chaque fois que papa s'en va.

– N'écoute pas cette petite connasse. Elle veut juste se faire remarquer comme…

J'arme le chien de mon revolver et Morello s'interrompt.

– Vous allez souhaiter que j'aie appuyé sur la gâchette avant que j'en aie terminé avec vous. Greta, fous le camp d'ici. Va dans ta chambre et enferme-toi à clé. Ne laisse entrer personne.

Elle trébuche et se précipite vers la porte, tourne la poignée qui, je m'en aperçois soudain, était verrouillée.

Le vieux Mexicain avait raison. Je me fiche de savoir pourquoi il voulait que je tue Morello, mais il savait que je le ferais. On se sert de moi, mais c'est le cadet de mes soucis.

En gardant mon arme sur la nuque de Morello, je sors de ma poche ma lame de quinze centimètres de long. J'ai fait couler beaucoup de sang pour lui, mais maintenant, je vais faire couler le sien.

– Tu vas mourir lentement, espèce de merde !

– Ce sera toi le prochain, Mount.

J'appuie sur le bouton et la lame sort.

Je la plante dans un de ses reins, Morello hurle de douleur.

– Non, c'est là que tu te trompes, Morello, parce que je vais prendre la relève. À partir d'aujourd'hui, cette organisation m'appartient. Si quelqu'un n'est pas d'accord, il peut crever.

J'arrache la lame et la plante dans son autre rein. Le sang se met à assombrir son costume, jusque-là immaculé. Ce ne sera ni rapide ni beau à voir.

Quand j'en ai terminé avec Morello, sa tête coupée repose sur le coin de son bureau, sur une pile de papiers. Le reste de son corps est assis sur un fauteuil face à moi. Sur le siège du visiteur, pas celui du patron. Puis j'appelle chacun des meilleurs éléments de l'organisation pour leur faire part des changements de direction.

La révolution n'est pas exempte d'effusion de sang, la vengeance non plus.

CHAPITRE 14

KEIRA

Aujourd'hui

Je le lis sur son visage, il s'attend à ce que je le rejette, lui et tout ce qu'il est. Mais Lachlan Mount ne me connaît pas aussi bien qu'il le croit, et apparemment moi non plus. L'histoire que Magnolia m'avait racontée m'avait rendue malade. L'histoire que Lachlan m'a racontée à nouveau m'a encore plus donné envie de vomir, mais pour une raison complètement différente.

Je ne le crains pas. Pas une seconde.

Je commence enfin à comprendre qui il est, tout simplement.

Lachlan Mount ne sera jamais un héros de contes de fées, mais je vous garantis que Rubio, lui, le traiterait de sauveur. Je suis certaine que beaucoup d'autres feraient de même. Lachlan Mount vit selon son propre code, il ne s'excuse absolument pas de ses actes, mais cela ne signifie pas qu'ils n'ont pas de motifs honorables.

– Je vois. Tu rends la justice comme ça t'arrange, mais je ne pense pas que tu ferais volontairement du mal à un innocent.

– Ne te mens pas en prétendant que le fait que j'aie sauvé quelques mômes me dédouane de tout ce que j'ai commis par ailleurs. Tu ne pourras pas trouver une âme plus noire que la mienne, même en creusant au plus profond de l'enfer.

Il pense réellement ce qu'il dit. Je le vois sur son visage, mais je crois qu'il a tort.

– Tu veux que je te dise que tu me répugnes ? Alors, regarde-moi dans les yeux et dis-moi que tu me sacrifierais pour sauver ta tête.

Les yeux sombres de Lachlan s'écarquillent, il est stupéfait.

– Mais qu'est-ce que tu essaies de prouver, bon sang ?

J'insiste :

– Dis-le-moi.

Mon ordre est aussi ferme que l'homme qui se tient devant moi. Il se met alors à grimacer de dégoût.

– C'est hors de question.

Le sourire triomphant qui s'étale sur mes lèvres est probablement aussi tordu que les sentiments qui m'envahissent, mais je m'en fiche.

– Tu mourrais pour moi. Tu me l'as déjà prouvé. Tu ferais face à une rafale de mitraillette pour m'épargner une seule balle. Tu n'as pas laissé les médecins te toucher avant qu'ils en aient fini avec moi, même si tu en avais beaucoup plus besoin. Si tu veux me faire croire que tu es un monstre, il va falloir que tu t'y prennes beaucoup mieux, parce que tout ce que je vois, c'est un homme digne d'être à mes côtés.

Il semble sidéré.

– Je t'ai terrorisée. Ne transforme pas ça en conte de fées, Keira. Ça n'a rien à voir avec ça.

Il détourne le regard et, cette fois, je m'avance et je fais l'un de ces gestes que j'aime. Je prends sa joue rugueuse dans ma paume de main et je tourne son visage vers le mien.

– Je ne veux pas de conte de fées. J'ai cru avoir ça jadis, et regarde où ça m'a menée. Je veux du vrai, et tu es la personne la plus vraie que j'aie rencontrée dans ma vie. Tu ne nies pas tes péchés. Ce que tu refoules, ce sont tes motivations, et ces motivations font toute la différence.

Je m'interromps en voyant un soupçon d'incrédulité lui faire hausser les sourcils et ensuite… de l'espoir, peut-être ?

– Tu ne m'as pas terrorisée. J'ai peut-être eu peur, mais je te désirais quand même, voire encore plus. Magnolia avait raison sur certains points, comme sur le fait que tu allais chercher à me rendre dingue et dresser mon cerveau contre mon corps. Mais elle avait tort à propos de ce qui a le plus d'importance. Elle m'a dit que je ne pourrais pas me permettre de te laisser atteindre mon cœur. La vérité, c'est que je ne peux me permettre de t'en empêcher, parce que ce serait mon plus grand regret. Il t'appartient toujours, que tu le veuilles ou non.

Lachlan bat des paupières, une seule fois. Quand il les rouvre, c'est comme si je regardais un homme complètement différent.

– Dieu merci, parce que je ne sais vraiment pas comment j'aurais pu te laisser partir.

– Je ne t'aurais pas laissé faire.

– Je ne te mérite pas.

Il croit ce qu'il dit. Je ne sais pas si j'arriverai un jour à le faire changer d'avis, mais je vais faire tout ce qui est en mon pouvoir pour lui prouver qu'il a tort.

Je me penche plus en avant.

– Heureusement, ce n'est pas toi qui décides. C'est moi, et j'ai déjà pris ma décision.

Il passe son bras autour de mes épaules. Avec précaution, en faisant attention à nos blessures, il m'attire contre lui dans son lit et me serre contre son corps tout couturé. J'ai la joue contre sa poitrine. Son menton repose sur le sommet de mon crâne.

Lachlan Mount pense qu'il est un monstre au sang froid, mais je perçois le rythme régulier de son cœur qui bat contre mon oreille pendant que je plonge dans le sommeil.

CHAPITRE 15

MOUNT

Tandis que le rythme de la respiration de Keira ralentit peu à peu, ses paroles tournent et retournent dans ma tête.

Je ne mérite pas cette femme, mais je ne vais pas la lâcher. Je ne suis pas assez honorable, bien qu'elle semble entrevoir en moi quelque chose que j'ignore. Diable, après ce que je lui ai raconté, comment peut-elle s'endormir calmement entre mes bras ? C'est pourtant ce qu'elle fait. Peut-être, peut-être seulement qu'il y a un peu de vrai dans ce qu'elle croit.

J'ai pris de nombreuses vies. Et avant la fin de la mienne, je sais que j'en prendrai d'autres.

Mais quelque chose qu'elle m'a dit résonne encore en moi.

Tu es la personne la plus vraie que j'aie rencontrée dans ma vie. Tu ne nies pas le moindre de tes péchés. Ce que tu refoules, ce sont tes motivations, et ces motivations font toute la différence.

Je ne vais pas me mentir et prétendre que tous mes actes ont de nobles motifs, mais la plupart ont des raisons que je considère comme complètement justifiables, bien que je n'aie jamais ressenti le besoin de me justifier auprès de quiconque, moi y compris. Le remords n'est pas quelque chose que j'éprouve. Certaines personnes doivent être tuées, et je n'ai aucun problème à être celui qui fait le boulot.

J'aurais aimé être quelqu'un de mieux pour Keira, mais je n'y peux rien. Si j'avais été quelqu'un d'autre, quelqu'un de différent, je ne serais pas en train de la serrer dans mes bras en ce moment.

J'ai traversé toutes les galères que la vie m'a balancées à la tête, et je commence à croire qu'elle en est la raison. Elle est ma récompense. Je l'ai peut-être forcée, mais elle vient de s'offrir à moi de son plein gré, et je ne l'oublierai jamais. Je la protégerai de toutes mes forces, de toute la puissance dont je dispose.

Personne ne la touchera. Jamais.

***

Je m'assoupis mais, comme d'habitude, je ne dors que d'un œil. Quand la porte s'ouvre, j'ai un flingue en main avant même d'avoir réalisé que je l'ai sorti de sous mon oreiller.

C'est J.

Je baisse l'arme quand je m'aperçois qu'il s'agit de mon second. Keira, elle, continue à ronfler doucement dans mes bras.

– On a reçu les résultats de la balistique de la balle qu'on a extraite de la voiture.

– Et ?

J traverse la pièce et me tend le rapport.

– C'est un 57 mm. Subsonique.

C'est le calibre favori des cartels, parce que ses munitions percent les blindages. Ce sont des armes caractéristiques. Vous ne pouvez pas les rater et, à La Nouvelle-Orléans, il existe un cartel en particulier qui utilise ces armes dès qu'il le peut. Subsonique, cela signifie qu'ils tentaient de faire ça discrètement.

– C'était bien un 57, dis-je. Le coup est parti du toit. J'ai vu la lumière de la visée laser. C'est la seule raison pour laquelle j'ai fait une embardée.

J acquiesce.

– Dommage que vous n'ayez pas été capable de ficher le camp plus vite, patron. Comme ça, on n'aurait pas été obligés de vous transfuser autant de sang.

– Rien à foutre de mon sang. C'est eux qui ont fait couler celui de Keira, et pour ça, ils vont mourir. Les rues de La Nouvelle-Orléans vont se teinter de rouge. Confirme-moi le nom du tireur avant qu'on se venge. Ensuite, on se les fera tous.

J ouvre de grands yeux.

– Tous ?

J'acquiesce.

– Tous ces enfoirés, sans exception. Obtiens la confirmation sur le tireur avant minuit et rassemble les troupes. Rendez-vous dans la salle du QG à minuit pour établir un plan de bataille, et on y va. On part à la chasse.

Les lèvres de J se tordent en un sourire cruel.

– Vous voulez dire qu'on part au massacre ?

Je hoche la tête.

– Vas-y.

– C'est parti, patron.

Dès que la porte se referme, Keira se réveille en sursaut dans mes bras, les lèvres serrées.

– Qu'est-ce qui ne va pas ? Qu'est-ce que j'ai raté ? Est-ce que tout va bien ?

Je dépose un baiser sur ses cheveux roux emmêlés.

– Rien. Tout va bien. Mais tu as besoin de reprendre des calmants. Je le vois.

Elle ouvre déjà la bouche pour argumenter, mais je pose un doigt sur ses lèvres.

– C'est arrivé par ma faute. Je t'ai entraînée dans mon monde. Laisse-moi prendre soin de toi. Laisse-moi arranger ça.

– Ok.

J'enlève mon doigt et je dépose un baiser sur ses lèvres. Mon flanc me fait mal, mais l'adrénaline qui inonde déjà mes veines atténue la douleur. Peu m'importe d'avoir besoin d'un pansement adhésif sur mes points de suture. Rien ne m'empêchera de me venger.

Je pensais ce que j'ai dit à J.

Ils ont versé une goutte de sang de Keira, ils le paieront de leur vie. À la seconde où ils m'ont tiré dessus, ils ont rompu le contrat qui nous liait et qui les autorisait à fourguer leur came dans ma ville. S'ils sont intelligents, ils seront prêts, mais ils ne doivent pas s'attendre à une réaction aussi brutale.

Ils devraient, pourtant.

Il n'y aura aucune pitié pour les hommes qui ont fait saigner Keira.

CHAPITRE 16

KEIRA

Lachlan quitte la pièce pour aller s'occuper de ses affaires en me promettant de revenir vite. V est de garde devant la porte. Je reste seule avec mes pensées, du moins jusqu'à ce qu'un type m'apporte un routeur sans fil, un genre d'amplificateur de signal, et mon sac d'ordinateur portable qu'ils ont visiblement récupéré dans la voiture. À présent, je vais vraiment pouvoir travailler.

Je devrais me poser la question de savoir comment Lachlan a géré la police concernant l'accident, mais pour être honnête, je m'en fiche. Mes pensées se concentrent sur quelque chose de totalement différent.

Ma meilleure amie.

Ou peut-être devrais-je dire mon ex-meilleure amie ?

Qu'est-ce que Magnolia avait en tête lorsqu'elle a décidé de donner le mot à Lachlan plutôt qu'à Brett ?

J'ai envie de croire qu'elle me protégeait encore en faisant ce qu'elle pensait être le mieux pour moi. Mais avoir été trompée par ma meilleure amie remet bien des choses en question.

Elle m'a dit que ses maîtresses disparaissaient toutes. Comment a-t-elle pu vouloir que je devienne l'une d'entre elles ? Voilà une question que j'ai oublié de poser, mais en toute franchise, je n'ai pas besoin de le faire. Lachlan ne tuerait pas une femme innocente, et je sais au plus profond de moi que jamais il ne me ferait de mal. Jamais.

Magnolia ne le connaît pas aussi bien que moi. Si elle pensait qu'il pouvait y avoir ne serait-ce qu'une chance… alors, comment a-t-elle pu faire ce qu'elle a fait ?

Elle est plus proche de moi que mes sœurs. Je leur envoie un texto pour leur anniversaire et une carte-cadeau. Mais pour Magnolia, j'y pense vraiment, tout comme elle pour moi. En plus, quelques mois plus tôt, j'ai commandé un super-repas dans son restaurant favori, que j'ai fait livrer chez elle, et j'ai demandé à un bijoutier de créer des piques en argent pour ses cheveux, car elle adore porter des kimonos.

Alors, comment a-t-elle pu jouer avec ma vie de cette façon ?

Je n'en peux plus d'être allongée. Les antalgiques agissent, j'ai beaucoup moins mal. L'infirmière m'a enlevé la perf la dernière fois qu'elle est venue en disant que je n'en avais plus besoin. À présent, je suis libre de mes mouvements, j'arpente la pièce en me demandant quelle explication donner à tout cela.

Mais je ne trouve pas.

À cause de Magnolia, j'ai connu la nuit la plus inoubliable de ma vie, mais avec le mauvais partenaire. Ou plutôt, avec le bon, mais je me suis enfuie et j'ai épousé le mauvais.

Je me souviens de la surprise de Magnolia quand je lui ai dit ce que Brett et moi avions fait. Je pensais qu'elle serait tout excitée par mon impulsivité, qu'elle me taquinerait en me disant que j'avais enfin ôté le parapluie que j'avais dans le cul, mais elle s'est contentée de me regarder d'un air sidéré.

Magnolia n'est pas une idiote. Ça, j'en suis certaine.

Comme l'a dit Lachlan, elle s'est élevée en étant impitoyable, mais je ne suis pas une rivale. Je suis son amie. Est-ce une raison pour traiter vos alliées les plus proches moins bien que vos pires ennemies ? Je ne le crois pas.

Toujours aucune réponse quand le technicien termine de m'installer Internet. Lorsqu'il part, V me jette un regard désapprobateur et me montre le lit de la tête, m'indiquant clairement que je devrais me recoucher.

Je me tourne vers mon lit où m'attend mon ordinateur et je lui réponds, afin d'être certaine que nous sommes bien d'accord sur un point :

– Je vais me rasseoir, mais uniquement parce que c'est plus pratique pour travailler.

Il me lance son grognement habituel et quitte les lieux.

Je fixe mon téléphone, je clique sur l'icône de mon application appels Wifi, et je fais dérouler les contacts jusqu'au nom de Magnolia, en me demandant ce que je vais bien pouvoir lui dire.

Eh merde ! Je n'ai qu'une seule question à lui poser, en fait.

Pourquoi ?

J'appuie sur l'icône et j'attends qu'elle décroche.

CHAPITRE 17

KEIRA

– Merci, mon Dieu ! Tu vas bien, Ké-Ké. J'ai entendu dire que quelqu'un avait tenté d'éliminer Mount et qu'il y avait une femme avec lui. Que tu aurais pu être un dommage collatéral. J'ai flippé comme une folle, parce que tu ne répondais pas au téléphone.

La voix de Magnolia est quasiment hystérique, mais je me force à rester glaciale, comme le fait si bien Mount.

– À qui aurait-on pu le reprocher, Mag, si j'avais été un dommage collatéral ?

– À qui ? Mais aux enfoirés qui, visiblement, voulaient vous tuer !

– Arrête tes conneries. C'est toi qui m'as mise dans ce pétrin et je veux que tu m'expliques ce qui t'a pris de lui donner le billet que j'avais écrit pour Brett.

Magnolia reste muette.

– Quoi ? Tu n'as rien à dire ? Tu croyais que je ne l'apprendrais jamais ?

– Ké-Ké…

– N'essaie pas de le nier, Mag. Il m'a dit que tu lui avais donné ce mot. Tu t'es servie de moi.

Sans même m'en m'en rendre compte, je finis par me lever et fais les cent pas avec le téléphone dans ma main qui tremble. Le silence nous enveloppe, les fils de notre amitié se distendent l'un après l'autre, à chaque seconde qui passe.

– Dis quelque chose, s'il te plaît. J'essaie vraiment de comprendre, mais il faut que tu me dises pourquoi, Mag.

Ma voix se brise. Bien que je ne regrette pas une seconde d'être là où je suis, le souvenir de sa trahison est trop vif pour que je reste rationnelle.

– Tu étais comme une sœur pour moi et tu m'as offerte sur un plateau à un homme que tu pensais être le diable en personne. Qu'est-ce que je suis censée penser ? Pourquoi as-tu fait ça ?

Quand Magnolia prend la parole, c'est comme si nous avions complètement changé de rôles. Aucune émotion ne transparaît dans sa voix, alors qu'elle ravage entièrement la mienne.

– Tu avais perdu la raison au sujet de Brett Hyde. Toi, la femme la plus logique, la plus intelligente que je connaisse, tu étais totalement déraisonnable dès qu'il s'agissait de lui. J'ai essayé de t'en détacher, mais tu ne voulais rien entendre. Il te tenait trop bien sous sa coupe, je ne suis pas arrivée à te libérer.

– Tu aurais pu me dire qui c'était !

– Est-ce que tu m'aurais crue ? Chaque fois que j'abordais le sujet, tu n'arrêtais pas de m'expliquer qu'il était ton âme sœur. Et tu en étais certaine. Merde, Keira. Tu étais tellement heureuse, et moi je savais que tout ça, c'était un mensonge. Mais comment aurais-je pu t'arracher le cœur et le piétiner ? Tu es une sœur pour moi, et il fallait que je trouve un moyen pour que tu t'en rendes compte par toi-même et que tu partes en courant.

– Et m'envoyer baiser avec un type que je n'avais jamais rencontré, c'est ça le moyen que tu as trouvé ? Tu es malade ?

Je fais demi-tour, ma voix tremble aussi fort que mon téléphone.

– Tu ne dures pas longtemps lorsque tu bosses dans la rue, à moins de développer ton instinct de survie, et tu n'arrives certainement pas là où j'en suis sans avoir une putain d'intuition.

Je plonge une main dans mes cheveux.

– Qu'est-ce que ça veut dire, bordel ? Tu évites ma question.

– Arrête de faire les cent pas, Ké-Ké, et assieds-toi. Je suis en train d'essayer de t'expliquer pourquoi j'étais prête à jouer avec la vie d'une des personnes qui m'est la plus précieuse.

Je grommelle. Je déteste qu'elle sache que je fais les cent pas, même sans me voir. Je me rassieds sur mon lit, mais uniquement parce que ma tête me fait à nouveau mal.

– Alors, dis-le-moi. Dis-moi pourquoi tu étais prête à jouer non seulement avec ma vie mais avec ma famille, mes amis, mes employés, mes affaires, absolument tout, à cause de ta putain d'intuition. Raconte-moi des bobards à propos de tout ça.

Mon ventre se noue en pensant à tous les mensonges qu'elle m'a servis et que j'ai crus, comme si elle énonçait la pure vérité.

– Je te l'ai dit, tu étais perdue avec Brett Hyde. Et moi, je regardais Mount passer de femme en femme, sans qu'aucune retienne son attention. Le sang des prêtresses vaudoues coule dans mes veines. Je ne suis peut-être pas médium, mais quand je sens quelque chose aussi profondément que ce que j'ai senti à propos des réactions que Mount allait avoir vis-à-vis de toi, je ne peux pas l'ignorer.

– Tu as joué avec ma vie !

– Non.

Le calme de Magnolia se fissure un peu, la ferveur transforme sa voix.

– J'ai essayé de te donner une vie bien plus intense que ce que tu pouvais imaginer. Tu es née pour être traitée comme une reine. Tu es entièrement bonne, loyale et vraie, et ta force irradie comme le feu le plus vif que j'ai jamais vu. N'importe quel roi a besoin d'une reine telle que toi, même s'il ne s'en rend pas compte. Instinctivement, je savais que si Lachlan pouvait goûter une seule fois à ce que tu as à offrir, il en deviendrait accro.

Cette fois, je me tais. Je ne sais plus quoi lui dire. Elle avait raison, mais je n'arrive toujours pas à accepter la façon dont elle s'est jouée de nous deux. Magnolia n'a pas besoin que je réponde pour poursuivre, elle n'en a pas encore fini.

– J'avais raison. Mais tu as tout foutu en l'air en t'enfuyant avec cette merde qui ne méritait même pas de respirer le même air que toi. Si j'avais pu le tuer moi-même, je l'aurais fait.

– Et pourquoi n'as-tu pas pris la peine de me mettre au courant de ton super-plan, Mag ?

– Comment aurais-je pu ? Tu n'aurais jamais été d'accord. J'ai toujours fait ce qui était le mieux pour toi. Toujours, même quand tu ne le savais pas ou que tu ne pouvais pas le voir. Je te protège quand je le peux. Je te pousse quand c'est nécessaire. J'ai fait en sorte que tu deviennes le bien le plus précieux que Mount ait jamais possédé de toute sa vie.

– Un bien, pas une relation ! Et s'il avait voulu me posséder et qu'ensuite il se soit lassé de moi et m'ait envoyée Dieu sait où, comme les autres ?

– Je t'ai expliqué comment le manipuler, et tu l'as fait. J'avais. Raison.

Le ton parfaitement convaincu de Magnolia est limpide. Elle croit qu'elle a fait ça pour moi, et que c'était parfaitement justifié.

– Mais tu aurais pu avoir tort !

– Ce n'était pas le cas, pourtant, n'est-ce pas ?

Ma main libre se serre, mes tempes battent plus fort. J'ai envie de l'étrangler pour être si sûre d'elle, incapable qu'elle est d'admettre qu'elle a joué avec le feu et qu'elle aurait pu embraser tout mon univers. Bien qu'une partie de moi sache que je devrais la remercier, l'autre, celle qui remonte à l'enfance, ne parvient pas à oublier sa tromperie.

– Dis-moi, pourquoi avoir continué à mentir ? Pourquoi ne pas m'avoir tout dit lorsqu'il est venu me chercher ?

– J'ai fait ce que j'avais à faire. Comme je l'ai toujours fait. Comme sucer une bite ou me la faire mettre dans le cul, faire des sacrifices qui me mettent en morceaux. Dis-moi que tu souhaites que je ne l'aie pas fait. Dis-moi que tu aimerais que l'on efface tout. Ose me le dire.

– Je ne peux pas, et tu le sais, mais ce n'est pas une raison. Des années d'amitié, et ensuite Lachlan m'apprend que tu m'as menti pendant des mois ?

– C'est Lachlan à présent ? À l'instant, avec un seul mot, tu viens de prouver que tout ce que j'avais prévu a parfaitement marché. Tu appelles l'homme le plus craint en ville par son prénom. Pourquoi ça, Ké-Ké ? Vas-y, dis-moi que tu n'es pas amoureuse de lui. Essaie de me faire croire ça.

J'ai surtout envie de dire à ma meilleure amie d'aller se faire foutre, je déteste l'entendre être tellement satisfaite d'elle-même. Mais là encore, elle voit trop clairement la vérité.

– Je ne devrais même pas te le dire.

Le rire de Magnolia, dur mais clair, éclate dans l'écouteur.

– Oublie ça une bonne fois pour toutes, Ké-Ké, parce que je ne m'excuserai jamais pour ce que j'ai fait. Tu es assise sur le trône aux côtés de l'homme qui dirige cette ville. Je n'ai pas besoin de te l'entendre dire, on m'a raconté comment il t'a emmenée à Dublin. Ce type est dingue de toi. Je tire peut-être mes infos de l'extérieur, mais je sais que j'avais raison.

– Et la fin justifie les moyens, c'est ça que tu veux dire…

– Putain, c'est rien de le dire.

Un violent torrent d'émotions tourbillonne en moi devant ses certitudes et son absence de remords. Je ne sais pas pourquoi j'attendais autre chose de Magnolia. Elle ne s'excuse jamais de qui elle est, de ce qu'elle est et de ce qu'elle a toujours été. Mais il y a autre chose. Il y a toujours autre chose la concernant. J'aimerais croire que ses motivations sont aussi pures que ce qu'elle prétend, mais je la connais mieux que mes propres sœurs.

– Alors, dis-moi, Mag, dis-moi que tu as fait ça uniquement pour moi et que cela ne t'a rien rapporté.

Ça lui cloue le bec pendant bien trois secondes.

– Tu veux vraiment t'aventurer par là, Ké-Ké ?

– On y est déjà, Mag. Plus de mensonges. Plus de motifs secrets. La seule façon de survivre à ça en conservant un peu de notre amitié intacte, c'est que tu me dises tout, maintenant.

– Tu ne peux pas tout simplement être heureuse d'avoir un homme, un vrai, comme tu l'as toujours désiré ?

Là, je sais que j'ai raison. Elle a autre chose à me dire.

– C'est maintenant, Mag. Ou bien je raccroche et je ne t'adresse plus jamais la parole.

Le fait même de formuler la menace me déchire le ventre. La perdre serait comme me faire amputer d'un membre, même maintenant.

– D'accord. Mais ne monte pas sur tes grands chevaux. Tu passes avant tout. Alors, quel mal y aurait-il si le fait que Mount tombe amoureux de ma meilleure amie me procurait quelques avantages ?

Nous y voilà. Mon cerveau se met à bouillir. Même si je soupçonnais un motif plus profond, l'entendre le reconnaître me liquéfie intérieurement.

– Qu'est-ce que tu veux dire, bon sang ?

– Réfléchis un peu. Imagine que ta sœur épouse le prince d'Angleterre. Tu ne crois pas que tu aurais touché le jackpot en même temps qu'elle ?

Je ris, ou du moins c'est à ça que devrait ressembler le son rauque qui sort de ma bouche.

À présent, tout est clair comme de l'eau de roche. Comme le cristal de mon prix qui s'est brisé et m'a entaillé le flanc.

– Tu as juste tenté de te justifier en prétendant que c'était pour mon bien que tu me piégeais pour la vie. Mais c'était pour toi, depuis le début. Je n'étais qu'un pion dans ton petit jeu.

– Tu ne penses pas que je mérite d'avoir une vie un peu plus facile ? J'ai vu et fait des choses qui t'auraient rendue complètement dingue. Tu veux me reprocher le petit soulagement que je pouvais obtenir si tu étais avec lui ?

La culpabilité, cette culpabilité gluante, insidieuse, me transperce.

– Tu m'as dit toi-même que tu n'avais pas de remords d'avoir joué avec ma vie, alors n'essaie même pas de jouer avec ma compassion après tout ce que tu as dit et fait.

– Ne sois pas salope, Ké-Ké. Nous savons toutes les deux que je suis bien meilleure que toi à ce jeu-là.

– Tu as raison. C'est vrai.

Magnolia se met à crier à quelqu'un en recouvrant son téléphone, « un instant, j'arrive ! », avant de me dire :

– Mon rendez-vous est arrivé. Je dois m'en occuper, parce que c'est comme ça que je gagne ma vie. Tu veux me haïr pour ce que j'ai fait ? Vas-y. Mais n'oublie pas que je pensais à ton bien. Tu es là où tu devais être, avec l'homme avec qui tu devais être, et c'est grâce à moi. Maintenant, je dois y aller.

– Mag…

– Non, Ké-Ké. Je n'ai plus le temps d'écouter tes conneries. Je suis occupée.

Elle raccroche, et je baisse mon téléphone en le fixant comme s'il lui poussait des membres. Mes poumons se gonflent et mon sang bat à toute vitesse, pendant que je me répète la confession de Magnolia dans ma tête. Comment se fait-il que les êtres que nous pensons le mieux connaître soient parfois ceux que nous connaissons le moins bien ? Je ne peux nier que ses intuitions étaient les bonnes, pourtant. Quoi qu'il en soit, Magnolia et moi n'en avons pas terminé avec cette conversation.

CHAPITRE 18

KEIRA

Je tente de me noyer dans le boulot, sans y parvenir. Je reste coincée sur ce que Magnolia a dit et fait, je tourne autour. Je suis encore en train de faire les cent pas lorsque la porte s'ouvre.

C'est l'homme avec lequel ma meilleure amie a tout fait pour que je me retrouve. J'ai envie de la condamner pour m'avoir menti, bien que j'aie du mal à justifier mon indignation.

Il faut dire que Lachlan ne serait pas à moi sans elle, mais cela ne remet en aucun cas en question, pour autant, ce que je ressens pour elle et sa manipulation sournoise.

Il s'avance vers moi et pose ses mains sur mes épaules. Ce simple contact apaise un peu le tourbillon de mes émotions.

– Tu devrais être en train de te reposer, et au lieu de ça, tu es à fond en mode sauvageonne.

– Tu peux le dire.

– Je vois que tu as obtenu quelques réponses à tes questions.

Je hoche la tête.

– Peux-tu vivre avec ?

Son ton est calme, mais pas condescendant. Je comprends parfaitement le sous-texte induit derrière ses mots.

Est-ce que ça change quelque chose entre nous ?

Je croise son regard sombre que j'ai peu à peu appris à connaître presque aussi bien que le mien, qu'il m'éclabousse de sa chaleur, qu'il devienne dur ou glacial, ou qu'il se vide afin de cacher ses émotions. En cet instant, c'est quelque chose au milieu de tout ça. Résolu, mais prudent.

– Ça ne change rien.

L'éclair de soulagement est si rapide qu'il est presque indiscernable, mais je l'aperçois tout de même avant qu'il m'attire doucement contre lui, une main glissée autour de ma taille, l'autre qui caresse ma nuque. Ses lèvres se pressent contre ma tempe avant qu'il me dise à voix basse :

– Bien. Parce qu'à présent, je ne te laisse plus partir, peu importe comment ou pourquoi nous en sommes arrivés là.

Les battements sourds et réguliers de son cœur me comblent d'aise, tout comme la chaleur de son corps. *Cet homme m'appartient*. Rien d'autre ne compte pour l'instant.

Quand il me relâche enfin, je découvre une nouvelle intensité sur son visage.

– Qu'est-ce qu'il y a ?

Après la conversation que je viens juste d'avoir, je redoute quelque chose de désagréable.

– Tu retournes dans notre suite. V va t'accompagner dès que l'infirmière t'aura examinée une dernière fois.

Notre suite. Pas la sienne. Pas la mienne. *La nôtre*.

– C'est bien préférable à ce… (Je regarde autour de moi les murs blancs et le matériel médical.) Mais après ? Je sais que tu ne me dis pas tout.

Il se pince les lèvres en détaillant mon visage comme s'il cherchait à le mémoriser.

– Il y a toujours quelque chose de plus, Keira. Ce sera toujours comme ça. Tu en connaîtras une partie, mais pas tout. Mais nous allons passer cette nuit ensemble, du moins pendant quelques heures.

– Que veux-tu dire ?

Sa phrase ressemble à un code secret dont je n'ai pas la clé.

– Tu verras. Va avec V. Il t'amènera à moi lorsque tu seras prête.

Il baisse la tête, évitant ainsi les questions qui allaient jaillir de mes lèvres avec un rapide et puissant baiser.

– À tout à l'heure, sauvageonne.

Il arbore un sourire quand il me relâche et repart en direction de la porte. Son regard ne quitte pas mon visage jusqu'au moment où il se retourne pour sortir.

Qu'est-ce qu'il mijote ? Je me raccroche à cette question, contente d'avoir quelque chose pour me distraire. L'infirmière me donne une autre dose d'antalgiques, me pose toute une série de questions pour vérifier mon état mental et fait ensuite un commentaire sur le fait que je n'ai sans doute pas tapé ma tête aussi fort qu'elle le croyait.

Puis je suis V sans protester. Il me guide à travers tout ce réseau de couloirs intérieurs qui continue à m'étonner. Au lieu de regagner la suite, nous pénétrons dans un couloir dissimulé derrière une peinture qui va du sol au plafond.

– C'est un endroit super-cool, vraiment.

V sourit. Enfin presque. C'est plutôt une petite torsion de la commissure de ses lèvres. Nous parvenons devant les portes noires laquées. Il me fait un signe de tête pour me montrer la nouvelle installation sur le mur, à côté des portes. C'est un genre de machin high-tech. Un scanner d'empreintes digitales ?

– Qu'est-ce que c'est ?

Je m'en doute, je pose donc quatre doigts sur la vitre. Une lumière verte s'allume et la porte s'ouvre.

– Wouah. On améliore la sécurité par ici ?

Je me tourne vers lui et il acquiesce.

– Vous pouvez entrer ?

Il acquiesce à nouveau.

– Et qui d'autre ?

Il lève la main et me tend trois doigts.

– Alors, Lachlan et…

Évidemment il ne répond pas et je décide que cela n'a pas d'importance pourvu que Lachlan ait confiance en eux. J'entre, mais V ne me suit pas. Il referme la porte derrière moi et je suppose qu'il reprend sa garde devant.

Notre suite. C'est la même pièce, mais elle me paraît complètement différente à présent. Ce n'est plus une prison… c'est le paradis. C'est l'endroit où Mount peut être Lachlan, et où nous pouvons nous cacher du reste du monde.

Les meubles noir, blanc et or ne me semblent plus étranges mais réconfortants, parce que le choix qu'il a fait de ces trois couleurs lui correspond si bien que je ne peux m'empêcher de sourire.

Lachlan Mount est l'homme le plus totalement différent des autres que j'ai pu rencontrer, et s'il n'est pas le premier que j'ai considéré comme le mien, j'espère qu'il sera le dernier.

Je tourne sur moi lentement, j'aperçois un mot posé sur une boîte, sur la table. Mon nom, écrit de sa main, retient mon attention.

– Que veut-il à présent ?

J'ouvre le papier pour lire ce qui y est écrit.

Emporte la boîte dans la chambre.

Tu as une heure pour te préparer.

Fais-moi confiance.

Sans ces trois derniers mots, ce message ressemblerait aux autres. Il serait froid, il lancerait un ordre. Mais ces trois mots changent tout, ce qui est normal maintenant que tout a changé.

J'attrape la boîte qui me rappelle celle que j'avais trouvée dans la chambre de mon appartement, mais je réagis complètement différemment à présent.

La dernière fois, j'avais appelé Magnolia parce que je craignais de découvrir un morceau du corps d'un être cher à l'intérieur, et elle m'avait rassurée. *Parce qu'elle avait des plans nous concernant.* Je repousse ces pensées, bien résolue à ne plus les laisser gâcher cette soirée.

Cette nuit est pour Lachlan et moi. Personne d'autre.

Je soulève la boîte, je la soupèse et j'entre dans la chambre en tentant de deviner ce qu'elle contient. Mais avant même de pouvoir gamberger, je tombe littéralement en arrêt.

C'est quoi ce truc ?

Une robe de bal est posée sur le lit, la jupe pend sur le bord. Je connais ce bustier brodé de cristaux et de sequins, c'est la robe que je portais cette nuit de Mardi Gras fatale, pour le bal masqué.

– Mais où veut-il en venir ?

Je lance la question à la cantonade dans la chambre vide, tout en posant la boîte à côté de la robe.

Des souvenirs de cette nuit-là m'assaillent. Je caresse le bustier. Des éclairs de chaleur me traversent lorsque les détails me reviennent en mémoire, pour la millionième fois.

J'ouvre la boîte et soulève le papier de soie. Sur le dessus, je trouve le masque que je portais cette nuit-là. Je devrais peut-être être surprise, mais je ne le suis pas. S'il a été capable de récupérer la robe, il pouvait aussi récupérer le masque.

Je pose le masque sur le lit et soulève encore une couche de papier de soie pour découvrir un string similaire à celui qu'il avait arraché pour me montrer à qui il appartenait vraiment, et une paire de sublimes stilettos.

Ma bouche s'emplit de salive, parce que je commence à comprendre où il veut en venir. On va remettre ça. Je ne sais pas pourquoi, mais je m'en fiche complè-tement. Si je devais choisir une nuit que je puisse revivre encore et encore, ce serait celle-là.

Quand j'ôte le string et les chaussures, qui sont bien plus sexy et onéreuses que celles que je portais alors, je trouve un mot au fond de la boîte.

Ne dis rien, prends tout.

C'est un jeu de mots avec le billet que j'avais envoyé la nuit du bal masqué, et mon pouls se met à battre la chamade d'impatience.

Quoi qu'il ait planifié, je suis prête.

CHAPITRE 19

KEIRA

Je suis devant un miroir en pied dans la salle de bains et je mets mon masque en examinant la femme d'aujourd'hui, si différente de celle de cette nuit-là.

Je me souviens…

La dernière fois que j'ai noué ces rubans de soie, j'étais anxieuse, mais excitée. Pleine d'espoir, mais inquiète. Optimiste, mais pleine de doutes. Ce soir, je suis remplie d'une confiance dont j'ignorais jusqu'à l'existence, et ce n'est pas dû à la dernière boîte que j'ai trouvée dans la salle de bains, bien qu'elle aussi contienne une surprise.

15 centimètres de large, 7,5 centimètres de haut. À l'intérieur, une tiare digne d'une princesse, non, d'une reine, nichée sur le velours noir.

Tu as été une reine depuis le premier jour. La pièce la plus puissante de tout ce foutu échiquier.

Je baisse les bras et j'examine mon reflet. Même avec quelques contusions, ce soir je ressemble à une reine, et je suis fin prête pour mon roi.

Un sourire plein de confiance et de conviction illumine mon visage, et je me détourne du miroir. Je traverse tranquillement notre suite jusqu'à la porte d'entrée, que je déverrouille.

V m'attend patiemment dehors. Quand il se retourne, il écarquille les yeux et, pour la première fois, un véritable sourire éclaire son visage taillé à la serpe. Je ne peux m'empêcher de me demander de quel destin funeste Lachlan l'a sauvé, parce qu'il ne fait pas de doute que son genre de loyauté trouve sa source dans un événement que je ne peux pas même imaginer.

– Je crois que je n'ai pas perdu mon temps, qu'en pensez-vous ?

Je ne sais pas pourquoi je lui pose cette question. Je sais que, même légèrement amochée, j'ai fière allure. Mes cheveux roux dégoulinent en boucles soyeuses dans mon dos et la tiare me va parfaitement bien.

Et puis, il y a cette confiance en moi que je ressens, ça embellit tout.

V hoche la tête et m'offre son bras comme un vrai gentleman, que j'accepte. Il m'escorte à nouveau der-rière la peinture murale qui glisse quand il met en marche le mécanisme. Il me guide par la main à droite et à gauche, jusqu'à une autre porte dérobée qui s'ouvre sur une pièce faiblement éclairée, entièrement blanche et dorée.

C'est une… salle de bal, complète, avec des appliques plus travaillées que celles que j'ai vues dans les couloirs, mais également des lustres dégoulinants de cristal qui procurent une douce lumière romantique à la pièce. Elle n'a pas la taille de la salle de bal de *La belle et la bête*, elle est plus petite, comme si elle était conçue pour des moments plus intimes. Cela me rappelle l'intérieur de l'hôtel *Roosevelt*, tout en marbre et or, d'une autre époque. Je m'imagine des femmes des Années folles dansant et buvant du champagne avec des hommes en queue-de-pie. V baisse le bras et me montre un ensemble de rideaux qui montent jusqu'au plafond. Ils font au moins six mètres de haut.

– C'est là qu'il est ? je demande, en désignant les drapés.

J'imagine qu'ils dissimulent une sorte d'alcôve, si ce que nous faisons, c'est répéter la nuit du bal masqué.

V secoue la tête, mais lève un doigt.

– Une minute ? je demande en tentant d'interpréter son rudimentaire langage des signes.

Il hoche la tête de nouveau.

Mon cœur, qui battait déjà fort, accélère encore à cause de l'adrénaline qui inonde mes veines, et je me dirige vers les rideaux. Comme je me faufile dans un espace étroit, la lumière se transforme en un arc-en-ciel coloré qui part d'un bow-window agrémenté d'une rambarde. C'est une sorte de balcon intérieur, offrant une vue sur une cour lumineuse à travers un vitrail éclairé par la pleine lune. Ce vitrail transforme ce petit refuge en quelque chose de féerique, de fantastique. Quel est cet endroit ? J'attrape la rambarde en écoutant les pas de V qui s'éloignent, pleine à la fois d'émerveillement et d'anticipation dans l'attente de l'arrivée de Lachlan.

Je ne l'entends pas. Je ne l'entends jamais. Mais ma peau frissonne lorsqu'un rideau s'ouvre derrière moi avant de se refermer. Je me mords la lèvre pour m'empêcher de parler et je serre très fort la rambarde pour ne pas me retourner.

Je ne suis plus ses instructions par peur, mais pour une raison totalement différente.

Par amour.

CHAPITRE 20

MOUNT

Dissimulé dans un coin sombre, je la regarde s'avancer à l'autre extrémité de la salle de bal. Je l'épie dans l'ombre, ce que j'ai fait toute ma vie et dont je me suis toujours satisfait. C'est là ma place. Mais la place de Keira est dans la lumière.

Je ne sais pas comment, mais je vais m'arranger pour que cela fonctionne, parce qu'autrement, ce serait tout simplement impossible.

Son absence d'hésitation, son pas sûr et ses épaules redressées sont autant de signes qui prouvent que c'est exactement ça qu'elle désire. Elle n'a jamais fait preuve de couardise devant moi. Pas même la première nuit dans la bibliothèque, quand elle avait jeté son trench-coat et qu'elle m'avait défié avec ce tatouage au henné.

Mais, à présent, c'est autre chose que de ne pas être couarde. Keira Kilgore est finalement totalement elle-même. C'est la femme la plus magnifique

que j'aie jamais croisée. Mes mains qui ont été si souvent couvertes de sang ne devraient même pas la toucher, mais je ne la laisserai pas partir. *Jamais.*

Je traverse la pièce silencieusement, une capacité que j'ai acquise il y a longtemps par nécessité, mais que j'utilise volontiers à présent. D'un geste du poignet, je repousse le rideau et je pénètre là où il n'y a pas d'ombres ni de pâle lueur, mais un arc-en-ciel de couleurs.

Peut-être que notre place est ici.

Pas dans l'ombre. Pas dans la lumière. Mais à un endroit qui est absolument unique pour nous deux.

Je referme les rideaux derrière moi. Elle se tend, mais pas comme si elle voulait s'enfuir. Non, c'est de l'anticipation pure… enfin, je suppose, parce que c'est ce que je ressens en moi. Malgré mes blessures, je ne souffre pas. Pas quand je la regarde. Je ne devrais pas la prendre ce soir, je le sais. Je devrais attendre qu'elle soit complètement guérie, mais je n'ai pas ce luxe.

Ce soir, je vais devoir effacer les torts du passé et me forger de nouveaux souvenirs.

Je fais un pas en avant, attiré par les cheveux de feu qui correspondent si bien à son caractère. J'adore la façon qu'elle a d'attendre sans bouger. Au lieu d'être transporté en arrière vers cette nuit, la nuit où elle croyait que j'étais quelqu'un d'autre, je reste fermement arrimé au présent.

Parce que ce soir, elle sait exactement qui je suis.

J'annule la distance qui restait entre nous et je repousse ses cheveux sur le côté, fou de joie en découvrant la couronne qui ceint sa tête. Elle mérite tous les bijoux du monde, et ne se doute certainement pas que les émeraudes qui scintillent dans leur serti d'or blanc sont bien réelles.

Plus de faux-semblants. Plus d'imitations. Tout, à partir d'aujourd'hui, sera aussi vrai que possible.

Keira Kilgore est à moi.

CHAPITRE 21

KEIRA

L'attente me donne la chair de poule. Quand la bouche de Lachlan se pose sur ce point précis, là où mon épaule rejoint mon cou, je laisse échapper un gémissement. Mes tétons picotent contre le bustier de ma robe et mon clito se met à pulser comme un fou, excité par mon piercing.

Je ne sais pas comment mon corps peut réagir aussi vite, mais c'est ainsi. Il suffit qu'il m'effleure pour allumer le feu en moi. Quand il passe ses dents sur le tendon de mon cou, mes doigts se crispent sur la balustrade et je dois me forcer pour ne pas la lâcher. Il gobe le lobe de mon oreille et je laisse partir ma tête en arrière pour la poser contre son épaule. Un geste de reddition. De soumission.

Il goûte chaque centimètre de ma peau nue, avant de soulever ma robe et de poser sa main entre mes cuisses. Il lance un grognement guttural quand il se rend compte que je mouille déjà. Ce son qui me paniquait, et m'excitait en même temps, me donne à présent la chair de poule. Pendant qu'il se met à titiller mon piercing, je frémis, des vagues de plaisir déferlent en moi.

Toute douleur, y compris le mal de tête qui m'a poursuivi toute la journée, est à présent totalement évanouie. Je ne sais pas si c'est cet homme, les antalgiques ou les sensations qui m'envahissent déjà, mais je suis prête à recevoir tout ce qu'il peut m'offrir. La paume de sa main remonte jusqu'à ce que ses doigts saisissent l'élastique de mon string et l'arrachent, comme avant. Mais cette fois-ci, c'est encore meilleur, parce que je sais pertinemment ce qui va arriver.

Les mains de Lachlan se referment sur les miennes sur la rambarde et les serrent fort, comme pour me rappeler que je ne dois pas bouger. Je me cambre, je tends mes fesses vers le renflement de son entrejambe pour lui exprimer mon accord.

Et pour le faire réagir.

Ses mains lâchent immédiatement les miennes et il m'enfonce un doigt, ce qui déclenche chez moi un autre gémissement. Suivent le bruissement de sa fermeture Éclair, puis la sensation de son gland qui se presse contre l'entrée de mon vagin. Il entre juste de quelques centimètres et ressort. Je ne sais pas ce qu'il attend, mais je tourne la tête, juste assez pour croiser son regard, illuminé par les couleurs vives d'une façon nouvelle. Peut-être est-ce le destin que je vois dans une lumière totalement différente.

Son visage flamboie de désir lorsque ses lèvres se posent sur les miennes. Je suis toujours captivée par son regard quand il me pénètre, centimètre par centimètre. Doucement. Avec précaution. Mais il me remplit tout entière. Il n'y a pas de doute, je lui appartiens.

Lachlan Mount me possède, corps et âme.

CHAPITRE 22

MOUNT

Contrairement à cette nuit qui a bouleversé nos vies, je la prends lentement, sans aucune hâte, et avec plus d'attentions que jamais. Pas seulement à cause de nos blessures, mais parce que cette nuit-ci est différente, bien qu'elle ait débuté de la même façon Tout a changé.

Lorsque ses muscles se contractent, je la laisse enfin m'emporter jusqu'à la jouissance. Ensuite, je sors ma queue de son corps, je laisse retomber sa robe, je me reboutonne et je lève les yeux sur son visage empourpré. Son masque est de travers, mais ça n'a plus d'importance. Je dénoue les rubans de soie et je le laisse tomber par terre. Moi, je n'ai pas mis de masque ce soir, le sien était purement symbolique.

Je replace la tiare sur sa tête, et même avec ses cheveux tout emmêlés, et ce par ma faute, elle est absolument majestueuse.

– Merci, dit-elle.

– De quoi ?

– De toujours finir par me donner exactement ce dont j'ai besoin, même quand je ne réalise pas que j'en ai besoin.

Je lui prends la main en intercalant ses petits doigts entre les miens et je la lève jusqu'à ma bouche pour y déposer un baiser.

– Nous n'en avons pas encore terminé, nous en sommes encore loin.

Je l'attire et lui prends les lèvres, quelque chose dont je ne me lasse pas. Je n'ai jamais embrassé d'autre femme avant elle, et je ne le ferai jamais.

Aucun autre homme ne la touchera. Ne l'embrassera. Ne la goûtera. Ne la sentira lorsqu'elle jouit. Elle est à moi. Et après cette nuit, elle n'en doutera plus. Quand je la relâche et que ses yeux s'ouvrent à nouveau, je la guide vers le rideau. Là, je m'arrête et je lui pose la question la plus importante de ma vie.

CHAPITRE 23

KEIRA

– Est-ce que tu me fais confiance ?

Lachlan me fixe encore plus intensément en me posant la question. Comment peut-il en douter ?

– Bien sûr.

Il dépose un baiser sur mes doigts avant de les relâcher.

– Je viens des ténèbres. Je ne serai jamais capable de vivre comme toi en pleine lumière. Ce ne sera jamais normal de vivre avec moi, jamais ce que tu avais imaginé pour ton avenir. Jamais.

– Ça m'est égal. Je ne veux pas quelque chose de normal. Je te veux, toi, c'est tout.

– Je ne sais pas pourquoi tu as foi en moi.

Je tends la main et j'agrippe le revers de sa veste. Il ne comprend pas, mais ça viendra un jour.

– Tu ne caches pas qui tu es.

– Je suis le diable fait homme.

Je secoue la tête. Il a tort.

– C'est ce que tu crois, mais je suis capable de voir ce que tu caches sous la surface des apparences. Il y a une beauté en toi que tu ne verras jamais si tu ne te regardes pas à travers mes yeux.

– N'essaie pas de faire de moi une sorte de chevalier blanc, Keira. J'en suis très loin.

– C'est vrai, mais tu n'es pas non plus le diable. Tu ressembles plus à l'archange Michael. Il a vaincu Satan. Tu as défendu ceux qui n'avaient pas la possibilité de le faire eux-mêmes. Tu as fait le ménage et tu as exercé ta vengeance. Tu as restauré l'équilibre. Tu peux penser que tu es mauvais autant que tu veux, mais moi, je pense que tu as chassé plus de mal que tu n'en as causé.

Ses prunelles sombres s'écarquillent un instant avant qu'une expression de surprise ne les traverse, et il ouvre le rideau.

***

Lachlan me conduit le long des couloirs secrets. Sa main ne lâche jamais la mienne, jusqu'à ce que nous arrivions devant un appareil de sécurité très sophistiqué qui ressemble à celui que V m'a montré sur la porte de la suite. Il pose les doigts dessus et la porte coulissante s'ouvre pour dévoiler le dressing de notre suite.

– Un jour, il faudra que j'apprenne à connaître tous ces couloirs.

Il me sourit tendrement.

– Un jour, tu devras tout apprendre, sauvageonne.

Le panneau se referme derrière nous et il se retourne pour me faire face.

– Je t'ai dit que je te protégerais et je le ferai. Avec ma vie et tout ce que je possède. C'est la meilleure façon de le faire que je connaisse. J'ai encore une boîte pour toi ce soir, Keira.

Sa main serre plus fort la mienne pendant qu'il m'entraîne à travers la salle de bains jusque dans la chambre. Mon cœur se met à battre lorsque sa main tourne la poignée. Je ne cesse de me répéter ses paroles :

Est-ce qu'il veut dire…

Avant que je puisse finir de formuler la question, Lachlan ouvre la porte de la chambre sur deux hommes qui attendent dans le salon. Tous deux sont habillés de noir, à l'exception d'un col blanc très caractéristique.

– Mon père, votre honneur. Nous sommes prêts.

CHAPITRE 24

KEIRA

Deux jours plus tard

Nous poursuivons notre reportage, alors que le décompte des cadavres de membres connus du cartel augmente à La Nouvelle-Orléans. La déclaration qu'a faite la police ne nous a pas appris grand-chose, à l'exception de cet avertissement qu'elle veut adresser à nos téléspectateurs. « Restez chez vous. Ne sortez que si c'est vraiment nécessaire. » Jusqu'à présent, les dommages collatéraux n'ont été que minimes, et les autorités tiennent à ce que cela reste ainsi. Sur place, nous ne savons pas vraiment comment réagir, mais bizarrement, bien que les rues soient gorgées de sang, les habitants de certains quartiers déclarent ressentir un sentiment nouveau de sécurité plutôt que de la peur.

***

Les rues sont gorgées de sang, et je ne ressens aucune culpabilité. C'est un simple sujet de cause et d'effet. D'actes et de conséquences. De restauration de l'équilibre.

Avant cela, j'aurais été une de ces citoyennes inquiètes qui se demande ce qui arrive à sa ville, mais à présent je l'envisage d'un tout autre point de vue, selon moi plus clair.

Lachlan Mount n'est pas en train de terroriser cette ville. Il la rend plus sûre. Il ne m'a pas contactée. Pendant des jours, V est resté en faction devant ma porte la journée, et la nuit a dormi dans le salon, sans doute d'un œil, pendant que moi j'étais dans la chambre.

Je suis dans l'endroit le plus sûr qui soit, sous la surveillance d'un protecteur dévoué.

Maintenant, j'ai seulement besoin que Lachlan rentre à la maison.

En attendant, je me distrais en travaillant.

Mon téléphone sonne comme prévu.

C'est Tempérance.

– Hé. Tout le monde va bien ?

– Oui. J'ai fait travailler de chez eux tous ceux qui n'étaient pas essentiels, comme tu l'avais demandé. Le restaurant est encore fermé, et les agents de sécurité qui patrouillent dans le bâtiment nous donnent l'impression que c'est la garde nationale qui nous protège. Je ne sais pas où tu as trouvé l'argent pour ça, mais… je suis vraiment contente que tu l'aies fait.

Je me frotte le visage d'une main en me demandant encore une fois si je dois lui dire la vérité, mais je décide que moins elle en sait, mieux c'est. Du moins pour l'instant.

– Si tu crois, une seule seconde, que toi ou n'importe qui d'autre êtes en danger à la distillerie, on arrête tout et vous évacuez les lieux selon le plan établi.

– Boss, on ne s'arrête pas. On n'est pas des chochottes à *Seven Sinners*. Il faudrait bien plus que quelques balles qui sifflent à l'extérieur pour nous empêcher de fabriquer du whiskey. En outre, on a de plus en plus de demandes et je suis obligée de les mettre de côté pour l'instant, parce que nous ne pouvons pas les honorer.

Mon esprit, qui n'a été jusque-là que préoccupé par la sécurité de Lachlan, au point que j'ai passé mon temps à faire les cent pas sur la moquette de la chambre, finit enfin par se concentrer sur les affaires.

– L'offre et la demande. Nous devons augmenter les prix.

Tempérance reste muette quelques instants.

– Pourquoi n'y ai-je pas pensé moi-même ?

– Tu l'aurais sûrement fait. Les choses ont été un peu bousculées, dis-je, et nous rions toutes deux de ce sérieux euphémisme.

Nous discutons ensuite de la façon de procéder à l'augmentation des prix, puis Tempérance passe au sujet suivant.

– Je viens de recevoir un coup de fil du directeur des relations publiques des Voodoo Kings. Il craint que Mardi Gras ne soit dangereux cette année, à cause de l'augmentation de la violence. Ils envisagent déjà la possibilité d'annuler l'événement, bien que ce soit encore dans plusieurs mois. Je lui ai dit qu'il n'était pas raisonnable. Je pense l'avoir convaincu qu'il n'y avait aucun besoin de prendre une décision aussi précipitée, mais pourrais-tu intervenir pour t'en assurer ?

– Ils ne peuvent pas annuler.

– C'est ce que je lui ai dit, mais s'ils le font…

Je me mets à gamberger, je pense au contrat.

– Attends. Laisse-moi regarder la clause de résiliation. Est-ce qu'on n'y a pas inscrit quelque chose à propos de la perte des arrhes s'ils annulaient un certain nombre de jours avant l'événement ?

Je me souviens que l'avocat en avait fait mention, mais je n'y ai pas vraiment prêté attention parce que je ne pensais qu'à faire signer ce putain de contrat.

– Oui ! Oui, c'est vrai ! dit Tempérance d'une voix tout excitée.

Je sors ma propre copie et la parcours rapidement, puis je vérifie le calendrier.

– Ils ont dépassé la date. Ils perdront leurs arrhes, cinquante pour cent, s'ils annulent maintenant.

Un soulagement, doux, très doux, m'emplit la poitrine.

– Ils ne vont certainement pas vouloir payer la moitié d'une fête qu'ils n'auront pas eue, n'est-ce pas ?

– Non, M'dame. Tu veux que je les appelle pour leur rafraîchir les idées, ou tu le fais ?

Je continue à réfléchir, tout en arpentant la pièce.

– Je vais le faire. Le leur dire en douceur. Du genre *je détesterais que vous ayez à perdre vos arrhes, uniquement à cause d'une petite frayeur qui ne peut pas durer bien longtemps.*

– Est-ce que tu as le moindre tuyau sur le temps que va encore durer cette folie ? demande Tempérance.

– Bien sûr que non, dis-je, ce qui n'est pas entièrement mensonger. Mais je peux à coup sûr dire à l'équipe qu'ils prendraient une mauvaise décision, basée sur des peurs irrationnelles, et qu'ils feraient bien mieux de ne pas perdre leur avance maintenant.

– Je te laisse t'en occuper, boss. Je pense que ça passera mieux si ça vient de toi.

– D'accord. Quoi d'autre ?

– Jeff Doon veut savoir si nous avons progressé dans la préparation de nos visites guidées. Évidemment, il n'insiste pas pour qu'elles débutent maintenant.

– C'est peut-être un mal pour un bien. Nous ne sommes pas encore prêts. Autre chose ?

– Je pense que c'est tout pour l'instant, sauf…

Elle ne termine pas sa question.

– Quoi ?

– Est-ce que tu es toujours en sécurité ? Je ne peux pas m'empêcher de m'inquiéter à ton sujet.

Je regarde la suite luxueuse, au sein de ce qui est probablement l'immeuble le mieux gardé de la ville.

– Je suis en sécurité. Je te promets.

– Est-ce que tu veux m'en dire plus ?

– Pas pour l'instant. Je vais bientôt rentrer. Comme je te l'ai dit, si tu penses qu'il y a le moindre danger, tu as mon accord pour ordonner à Louis d'arrêter la production sur-le-champ et d'évacuer le bâtiment. Les agents de sécurité vous raccompagneront chez vous et s'assureront qu'il ne vous arrive rien.

– On ne va partir nulle part. Louis ne laissera jamais les alambics, autant abandonner un nouveau-né en pleine rue.

Je ne sais pas ce que j'ai fait pour mériter une telle loyauté et une telle dévotion de la part de mes employés, je ne le comprendrai réellement jamais, mais je leur en suis vraiment reconnaissante.

– Vous toucherez tous les deux une prime de risque. Préviens-moi si quoi que ce soit change.

– On le fera. Et toi aussi.

Lorsque nous raccrochons, j'appelle Monsieur Joseph, le directeur des relations publiques des Voodoo Kings pour lui rappeler la clause de dédit qu'ils ont acceptée. Après quelques hoquets, quelques protestations et l'assurance de ma part que tout se passera bien, il accepte de ne pas annuler l'événement.

C'est une victoire pour aujourd'hui.

Dès que je termine cet appel, je me remets à faire les cent pas.

Je ne peux m'en empêcher.

Je ne serai capable de m'arrêter que lorsque je verrai Lachlan de mes propres yeux, et à chaque heure qui passe, je suis de plus en plus inquiète.

CHAPITRE 25

MOUNT

– Combien en plus ? je demande à Saxon en baissant ma lunette.

En à peine soixante-douze heures, nous avons fini par débarrasser La Nouvelle-Orléans de quasiment tous les membres de la bande d'Eduardo.

– Quatre. Ces putes sont barricadées dans ce foutu complexe.

Le tueur à gages semble écœuré par la lâcheté dont font preuve les chefs du cartel.

– Ils t'ont à leurs trousses, alors ça ne m'étonne pas.

Saxon penche la tête de côté.

– C'est vrai.

Keira m'avait comparé à l'archange Michael, ce qui est assez étrange vu mon ancien prénom, mais nous ne sommes pas en train de rendre la justice divine en ce moment. Oui, je me venge de chaque goutte de son sang qu'ils ont osé faire couler, mais ce sont également des représailles contre le cartel qui n'a pas tenu sa parole. Dans ma position, vous ne conservez pas le pouvoir en faisant un exemple sur un seul homme. Non. Vous faites un exemple sur tous. Tous. Jusqu'au. Dernier.

Et quand cette faction sera éliminée à La Nouvelle-Orléans, leur rivale prendra le pouvoir, mais en respectant mes règles qui auront été forgées dans le sang de leurs ennemis.

Nous sommes en train de faire une déclaration, et ce n'est pas joli.

Je suis habillé en noir comme Saxon, je porte un gilet pare-balles et je transporte plus de munitions qu'un Marine au combat. Nous sommes perchés sur un toit à huit cents mètres du QG du cartel pour repérer la position de ces quatre-là.

J'ai envoyé un message très clair à Mexico, pour leur dire que s'ils renvoyaient un seul homme de l'autre côté de la frontière, je considérerais cela comme une invitation à leur rendre visite à la tête d'une armée. Et quand je dis une armée, je parle de ce que l'oncle Sam possède de mieux dans son agence aux trois lettres. Cette guerre de la drogue aurait pu être stoppée depuis des années, mais elle est bien trop profitable pour les deux camps.

Une autre forme atterrit sur le toit à côté de nous, et Saxon et moi la braquons avec nos armes en l'espace d'un quart de seconde.

Ransom lève les mains en l'air.

– Allez-y, putain, flinguez-moi. Mais qui les fera disparaître lorsque vous les aurez butés ? La presse serait dingue si elle apprenait combien de cadavres ont échappé aux flics.

Ransom dit vrai, et Saxon et moi retournons nos lunettes en direction du complexe. Nous n'avons abandonné que les quelques corps nécessaires pour montrer que nous étions sérieux et pour obtenir le niveau d'attention nécessaire des médias.

– Tu touches du fric pour ça. Qu'est-ce que ça peut te foutre ?

– Je ne suis pas un putain de croque-mort. Je suis un contrebandier. Je gâche mes compétences. Je te préviens, je vais augmenter mes tarifs d'élimination de cadavres après cette merde.

Je jette un coup d'œil à Ransom par-dessus mon épaule.

– Tu veux prendre un flingue et te joindre à nous pour briser la monotonie ?

Il sort un long coutelas avec un air féroce.

– Je préfère le combat au corps-à-corps, plus perso. Quel général a dit de ne pas tirer avant de voir l'ennemi dans le blanc des yeux ? Ça, c'est plus mon truc. Pas cette merde à longue distance.

Saxon grogne et lance un clair « va-te-faire-foutre » à Ransom. Les deux hommes ont beau bosser ensemble, ils ne sont pas vraiment amis et ne manquent jamais une occasion de s'envoyer au diable.

– Ça bouge, dit Saxon en effleurant la gâchette de son fusil de sniper.

– Comment peuvent-ils savoir…

Avant que Ransom ne termine sa phrase, Saxon a déjà appuyé sur la gâchette de son fusil d'assaut. Je regarde et je vois une tête éclater dans un brouillard rouge.

– Joli tir, je murmure froidement.

Saxon me jette un coup d'œil.

– C'est toujours le cas.

Saxon a une telle confiance en lui que je le charge toujours des boulots délicats. Il préférerait ne plus travailler pour moi, il dit que ça laisse trop de traces, mais je n'en ai rien à foutre. J'embauche les meilleurs, et je les paie une fortune. Il peut faire avec. Je sais qu'un jour il va disparaître et faire en sorte que je ne puisse pas le retrouver, mais pas avant que ce boulot ne soit terminé.

– Il en reste donc trois ?

Saxon hoche la tête.

– J'envoie l'équipe. Il est temps de faire de cette vengeance quelque chose de plus personnel.

CHAPITRE 26

MOUNT

J'ai entraîné Keira dans mon monde, c'est mon devoir de la protéger et de m'assurer qu'elle ignore la présence de certaines menaces. Un de ces fils de pute a vraiment merdé ; il nous a tiré dessus. Ce soir, ça va être leur fête, ils vont payer et on va remettre les compteurs à zéro.

Comment Ransom a-t-il fait pour dégoter le code de la porte d'entrée du QG du cartel ? Je l'ignore et, sincèrement, je m'en fiche, mais lorsque nous entrons dans la cour et que nous pénétrons sous le porche, tout est calme.

J nous parle via l'intercom.

– Les abords sont nettoyés, patron. Tout est dégagé. Votre cible est dans la salle à manger. Tournez à droite au fond du hall d'entrée. Vous ne pouvez pas le rater.

Lui, c'est Eduardo, l'homme qui s'était assis face à moi dans mon bureau, qui avait accepté de prendre le contrôle des deals de coke, de meth et de cachets lors du partage du marché de la drogue à La Nouvelle-Orléans. J'avais été plus que correct, mais pour une raison qui m'échappe, il a franchi la ligne jaune. Il a enfreint les règles. Brisé le lien.

À présent, il va me le payer.

Nous nous sommes déjà occupés du tireur qui a envoyé une balle à travers le pare-brise. Il n'a pas dit grand-chose, à part que son patron lui en avait donné l'ordre. Son boss va donc répondre de son acte.

Z ouvre la porte de l'Escalade[3] blindée et je me rue à l'extérieur. En avançant en direction de la porte, je repère une paire de cisailles qu'un jardinier a dû abandonner il y a plusieurs jours, quand les coups de feu ont commencé. Z me suit, je lui fais signe.

– Ramasse-moi ça.

– Bien sûr, patron.

Je sors un cigare cubain de ma poche, que j'allume. J'en fume quelques bouffées avant de lui faire signe d'ouvrir la porte. Saxon, Ransom et toute la bande de mes meilleurs éléments nous couvrent de tous côtés. Même s'il n'y a plus personne qui puisse réellement nous atteindre.

J'entre. Mes pas résonnent sur le sol en marbre du vaste hall d'entrée, puis je tourne à droite comme me l'a indiqué J.

3. Modèle de Cadillac.

Eduardo est saucissonné à une chaise et il écume. Il profère des menaces dans deux langues différentes. Voire trois.

Cela dit, je m'en fous.

– Tu vas mourir pour ça, Mount. Tu vas crever. Toi et tous ceux que tu aimes.

Je tire une bouffée de mon cigare tout en l'examinant.

– C'est toi qui as enfreint les règles. Je t'ai laissé entrer dans ma ville, te faire un pognon de dingue, et tu oses me tirer dessus ?

– Je ne t'ai pas tiré dessus ! postillonne-t-il, le visage en sueur.

– Ton gars l'a fait. Il a avoué. Il a dit que tu lui en avais donné l'ordre.

Je parle sans la moindre émotion. Je suis un véritable glaçon.

– Il a menti !

– Comment puis-je savoir si ce n'est pas toi qui mens ?

Je jette un coup d'œil à Z par-dessus mon épaule et lance :

– Amuse-toi un peu avec ces cisailles.

Pendant que Z s'avance, Eduardo continue à m'injurier. Quelques secondes plus tard, ses injures se transforment en hurlements, juste avant que son petit doigt tombe par terre, suivi de peu par son annulaire qui fait ding lorsque son alliance en or heurte le sol en marbre.

– Va te faire foutre, Mount ! Tu vas mourir pour ça ! Je n'ai rien ordonné du tout !

Je fais à nouveau signe à Z.

Les cris emplissent la pièce, mais la seule chose que je vois, c'est le visage de Keira luttant pour rester consciente après l'accident.

– Tu ne déconnes pas avec moi ni avec les miens.

– Je n'ai pas déconné ! Il a fait ça tout seul !

– Eh bien, tu aurais dû mieux contrôler ton organisation. Pour ça, et parce que tu as fait verser son sang, tu vas le payer de ta vie.

Je croise son regard brun foncé rempli de haine, de rage et de peur. Ce que je lui ai fait n'est rien en comparaison de ce qu'il a fait subir à d'autres.

– Putain, je ne sais pas de quoi tu parles, Mount.

Je tire à nouveau sur mon cigare.

– Alors, tu n'as vraiment plus aucune utilité.

Z recule, je lui fais un signe de tête.

– Abrège les souffrances de ce tas de merde. Je n'ai pas de temps à perdre avec lui.

Je tourne les talons pour sortir, et l'écho de ses malédictions me suit pendant que je me dirige vers l'entrée principale, puis c'est le son distinctif des balles d'un silencieux qui font définitivement taire Eduardo.

CHAPITRE 27

KEIRA

La terreur qui régnait cette semaine dans les rues de La Nouvelle-Orléans semble avoir pris fin. Les habitants ont toujours intérêt à faire montre de prudence au cours de leurs activités de tous les jours, mais les balles ne sifflent plus. La police n'a encore fait aucune déclaration, mais ça ne saurait tarder.

***

À chaque heure qui passe, j'ai un peu plus l'impression d'être en train de devenir dingue. Les infos en ligne se contredisent encore à propos des événements, mais le ton général a changé. Alors, si les balles ont fini de siffler, où diable peut bien être Lachlan depuis tout ce temps ?

Ces trois derniers jours, j'ai pratiquement tracé un sillon dans la moquette qui va du salon à la chambre à coucher, mais j'avoue que ça m'est bien égal.

La seule chose qui compte pour moi, c'est lui, qu'il revienne sain et sauf.

Seul le travail m'a sauvé de la folie.

La distillerie marche encore à plein régime. Louis a refusé de partir et les employés l'ont suivi d'un seul homme. Cela m'a rappelé que nous sommes de vrais costauds à NOLA.

Tempérance est une directrice adjointe de choc, du coup nous avons été capables de traiter de nombreux dossiers à distance. Mais il va vraiment falloir que je fasse une apparition, ne serait-ce que pour remercier mes employés pour leur engagement dans l'entreprise.

Je tourne pour reprendre mon trajet sempiternel sur la moquette quand, soudain, je me fige… On frappe à la porte.

J'ai tellement envie que ce soit Lachlan, mais je sais que ce n'est pas le cas. Comment ? Parce que lui ne frapperait pas.

Il n'est pas encore midi et j'ai déjà perdu toute patience pour la journée, ce qui veut dire que la moindre distraction est la bienvenue. Je traverse le salon pour aller ouvrir la porte et je découvre V, qui apporte mon déjeuner.

– Entrez.

Lorsqu'il s'avance avec le plateau, je referme la porte derrière lui.

– Savez-vous où il est ? Pouvez-vous me dire quelque chose, n'importe quoi ?

V pose le plateau sur la table où je mange depuis des jours, et se tourne ensuite vers moi. Son visage est, comme toujours, impénétrable.

– Pouvez-vous au moins me dire qu'il va bien ? Parce que si je découvre que ce n'est pas le cas et que vous me l'avez tous caché, vous allez me le payer très cher.

Je fais de grands gestes, comme si ça allait le pousser à me répondre.

Il grogne.

– Qu'est-ce que ça veut dire ?

Ma voix grimpe dans les aigus, ce qui lui confirme juste que je suis au bord de la crise de nerfs et que je deviens complètement dingue.

V me montre le plateau et son couvercle.

– Je me fiche royalement de la nourriture en ce moment. Est-ce que c'est terminé ? J'ai besoin de savoir au moins quelque chose.

Il ne me donne aucune réponse, ce qui augmente encore ma frustration.

Et il commence à reculer vers la porte d'entrée, mais je l'arrête.

– Ne partez pas. Pas tout de suite. Je suis en train de devenir dingue ici. Vous ne voulez pas vous asseoir et attendre avec moi ?

Il plisse les yeux, mais revient vers la table et montre à nouveau les plats.

– Vous vous asseyez, et moi je mange. D'accord ?

Il hoche la tête et s'assied en soulevant le couvercle avant de pousser le plateau vers moi.

Ma main tremble quand j'attrape la fourchette, mais je goûte à peine à la nourriture avant de l'avaler.

Nous refaisons la même chose au dîner, quelques heures plus tard.

Toujours pas de Lachlan Mount.

Mais où est-il, bon Dieu ?

CHAPITRE 28

MOUNT

Harassé, je pénètre dans la salle de bains attenante à mon bureau, j'arrache ma chemise et la jette par terre. Je regarde mes mains, j'ouvre le robinet et j'attends que l'eau chauffe avant de les savonner.

J'ai beau me frotter les mains encore et encore, rien à faire, j'y vois toujours le sang qui a coulé. Pourtant, je n'éprouve aucun remords.

J'agis comme il est nécessaire.

La peur. L'intimidation. Le respect.

Voilà comment je dirige mon empire. C'est comme ça que je protège les miens. Après le genre de rétribution que nous avons exigée ces derniers jours, personne ne remettra plus en cause mon autorité, et personne n'osera plus verser la moindre goutte du sang de Keira.

Nous avons concilié nos points de vue. Un marché a été conclu. Et à présent, la vie continue. La vapeur embue le miroir, je ferme le robinet et j'attrape une serviette. Une fois que j'ai les mains sèches, je me sers de la serviette pour essuyer la buée sur la glace.

Je regarde rarement mon reflet. Je n'éprouve aucune envie de voir le démon qui me fait face. Mais, cette fois-ci, je vois quelque chose d'autre, un homme qui a un but. Un homme prêt à mettre les rues à feu et à sang pour protéger ce qui compte le plus pour lui. Avant elle, je possédais tous les biens matériels imaginables, mais rien à perdre pour autant. À présent, il n'y a rien que je ne sacrifierais pour la garder en sécurité. C'est mon objectif. C'est ce qui fait la différence entre une force et une faiblesse.

Keira m'a dit que ce sont les mobiles qui font toute la différence. Elle a sans doute raison. En regardant dans ce miroir, peut-être ne verrai-je jamais quelqu'un de noble et d'honorable, mais si c'est cet homme qu'elle voit quand elle me regarde, je peux vivre avec ça, du moins aussi longtemps que je pourrai la garder. J'entre dans la douche. Je me frotte méthodiquement partout, pour être bien sûr d'effacer toute trace de sang. Du moins en surface. Je serai toujours brutal. Impitoyable. Farouche dans la défense de ce qui m'appartient.

Il n'est pas nécessaire qu'elle voie cette partie de moi. Jamais. Mais je peux lui montrer la partie que personne d'autre n'a jamais vue, en espérant que ça suffise.

***

Lorsque je me glisse dans le dressing en passant par le passage secret, je suis comme toujours totalement silencieux. Une lueur provient de la chambre, mais tout le reste est plongé dans l'obscurité.

Je m'approche sans faire le moindre bruit.

Elle est endormie au milieu du lit, ses cheveux roux étalés dans un beau fouillis, la main serrée sur son téléphone comme si elle attendait qu'il sonne.

J'aurais dû appeler. J'aurais dû lui dire que j'allais bien. Mais je n'ai pas l'habitude.

J'espère qu'il n'y aura pas de prochaine fois, toutefois je me mentirais en l'affirmant avec certitude. Il y aura toujours une autre fois. Une autre menace. Une autre personne qu'il faudra éliminer.

Cela dit, en observant la femme couchée dans mon lit, je réalise que je ne suis pas celui qui est obligé d'être l'éternel exécuteur.

J'ai besoin d'être ici. Avec elle. Juste pour m'assurer qu'elle ne s'endort pas toute seule, avec des cernes sous les yeux.

Je n'ai qu'une envie, c'est de la réveiller ou du moins de grimper dans le lit à côté d'elle. Au lieu de ça, je m'installe sur une chaise dans l'ombre et je la regarde dormir.

C'est mon privilège et ma pénitence.

CHAPITRE 29

KEIRA

Lorsque je me réveille, c'est d'un terrible rêve.

Un rêve dans lequel Lachlan ne me revient jamais, parce qu'il s'est vidé de son sang dans le caniveau, que son corps a disparu et qu'il n'a jamais été retrouvé. Un véritable cauchemar. Je murmure :

– Non. Non, il faut qu'il rentre à la maison.

Je me recroqueville sur moi-même.

– Je suis rentré.

Cette voix profonde me fait tourner la tête dans sa direction, folle de joie de découvrir que l'homme que j'attends depuis des jours est assis sur une chaise, dans un coin.

– Dieu merci, je croyais que tu étais mort.

Je saute du lit comme une folle et je me rue vers lui pendant qu'il se lève de sa chaise. Malgré la pénombre, je me rends compte que son visage est dur. C'est Mount. Pas Lachlan.

– Je ne suis pas mort.

– Qu’est-ce qui ne va pas ? Mais qu’est-ce qui s’est passé ? Tu es blessé ?

Je m’arrête devant lui, je fixe son costume impeccable. Mais j’ai vraiment envie de passer les mains sur chaque partie de son corps pour vérifier par moi-même.

– Tout va bien. Je vais bien.

J’en profite pour effacer les quelques centimètres qui nous séparent encore, il me prend dans ses bras et me serre contre lui. Il ne grimace pas. J’espère que ça signifie non seulement que sa blessure par balle guérit mais qu’il n’en a pas reçu d’autres.

– J’étais tellement inquiète pour toi. La prochaine fois, il faut que tu m’appelles, ou que tu m’envoies un texto, ou un « bat » signal. N’importe quoi. Les grognements de V et ses hochements de tête ne me suffisent pas. J’ai besoin d’avoir la preuve absolue que tu es en sécurité.

Une main large m’attrape par la nuque.

– Un « bat » signal ?

Je hume son parfum qui m’enivre, sans crainte de paraître complètement folle.

– Fondamentalement, tu es Batman. Donc oui, un « bat » signal serait le bienvenu.

Sa poitrine bouge comme s’il était en train de rire, mais je ne fais pas un mouvement pour le vérifier.

– Tu sais que ce n’est pas comme ça que fonctionne le « bat » signal, n’est-ce pas ?

– Ne discute pas avec moi, Lachlan. C’est presque aussi méchant que d’abandonner ton épouse le soir de tes noces sans lui laisser un seul mot pour lui dire que tu n'es pas mort.

Ses lèvres se posent sur ma tempe.

– C'est la première fois que je me marie. Je suis quasiment sûr que je vais tout gâcher.

Je le regarde en plissant les yeux.

– Règle numéro un : prévenir ton épouse que tu es en vie, surtout après avoir exercé une vengeance.

Épouse. Je n'arrive pas à croire que je porte à nouveau ce titre, mais c'est vrai. J'ai prononcé les vœux, en pleine conscience.

Ses yeux foncés pétillent.

– C'est toi qui établis les règles, maintenant ?

Je lève le menton.

– Oui. J'ai épousé le roi. J'ai le sentiment que cela m'offre certaines libertés.

Il me serre plus fort contre lui.

– Je n'arrive toujours pas à croire que tu m'aies dit oui.

Je dégage un bras pour pouvoir caresser sa joue rasée de frais.

– Bien sûr que si. Je suis amoureuse de toi.

Une suite d'émotions se lit sur son visage, chacune plus vive et plus intense que la précédente.

– Ce n'est pas possible.

Je croise le regard sombre et brûlant qui déclenchait en moi une terreur divine tout en me privant du contrôle de mon corps. Maintenant, il m'insuffle une certaine assurance.

– Tu crois que j'aurais promis *jusqu'à ce que la mort nous sépare* si je ne l'étais pas ?

– Tu es mon bouclier…

Je pose mon pouce sur ses lèvres en l'interrompant.

– Je t'ai, toi. C'est tout ce que je voulais. Et si je dois passer le restant de ma vie à te prouver que je pensais tous les mots que j'ai prononcés, je le ferai.

– Je ne vais jamais te laisser partir. Jamais.

Son vœu semble aussi sincère que le mien, et je sais que ça va bien se passer.

– Bien. Je suis content qu'on soit d'accord là-dessus. Maintenant, ramène-moi au lit. Nous avons une nuit de noces à rattraper.

CHAPITRE 30

MOUNT

Dans ma vie, il est vrai que les paroles n'ont jamais autant compté que les actes. Du moins pas avant cet instant et pas avant cette femme.

Je suis amoureuse de toi.

Les instincts possessifs qui font bouillir le sang dans mes veines augmentent chaque fois que je me répète ses mots. Je ne mérite pas d'être aimé. Ni par elle. Ni par personne. Mais ça ne veut pas dire que je ne vais pas l'accepter. La garder. La protéger. La chérir.

J'ai menti, trompé, volé et tué. Je recommencerai, surtout si c'est nécessaire pour respecter les vœux que j'ai prononcés devant un homme de Dieu et un juge.

Je suis prêt à tout pour elle.

J'avance vers le lit en la portant comme le cadeau précieux qu'elle est, mais cette douceur ne va pas durer. L'adrénaline de ces derniers jours n'est pas quelque chose que je peux évacuer comme ça. J'ai besoin de baiser ma femme. De la posséder. De me plonger en elle jusqu'à nous faire crier tous les deux.

Et elle le sait.

Sa voix est pure et forte lorsqu'elle prend la parole.

– Je peux recevoir tout ce que tu as à donner. Alors, tu as intérêt à me donner tout ce que tu peux.

Un grognement monte dans ma gorge, j'arrache ma veste que je balance au loin. Keira s'attaque à moi avec la même ferveur. Les boutons volent lorsqu'elle déchire ma chemise, je fais tomber mon pantalon. Je me retrouve nu comme un ver devant elle, prêt à la déshabiller comme elle l'a fait avec moi.

Mais Keira lève un doigt dans ma direction.

– Si tout ce que tu avais au monde était ce que tu portes en ce moment, je te désirerais tout autant. Je t'aimerais tout aussi fort.

Je ne sais pas comment le dire, parce que je ne l'ai jamais dit de toute ma vie, mais pour elle, j'apprendrai.

Vite.

– J'ai envie de toi. Maintenant.

CHAPITRE 31

KEIRA

Lachlan se transforme en animal, il m'arrache ma chemise de nuit en soie. Pendant que sa bouche dévore la mienne, mes ongles s'enfoncent dans ses épaules comme cette première fois sur la table de la salle à manger.

Ce matin, les sensations sont tout aussi intenses, mais déclenchées par une émotion complètement différente. Il détache mes mains de ses épaules et m'appuie contre le lit pour faire faire à ses baisers tout un chemin le long de mon corps, en prenant soin d'éviter ma blessure. Il a lui aussi un bandage, mais il ne montre aucune douleur.

Il tombe à genoux avant de m'écarter les cuisses.

– Tu mouilles déjà pour moi.

J'ouvre la bouche pour lui répondre, mais c'est un gémissement qui en sort lorsque ses lèvres se referment sur mon piercing. Ce n'est pas du jeu, mais je ne m'en plaindrai jamais.

Lachlan me fait hurler de plaisir, encore et encore, jusqu'à ce que mes doigts plongent dans ses cheveux pour le relever vers mon visage. Quand ses lèvres rencontrent à nouveau les miennes, elles ont le goût de mon corps et j'adore ça.

– À moi.

Il secoue la tête.

– Putain, non. Je ne peux plus attendre.

Il attrape mes hanches et place son sexe à l'entrée du mien avec une expression de fierté possessive. Il n'hésite pas, et je ne veux pas qu'il le fasse.

Une seule poussée. Voilà tout ce dont il a besoin pour m'emplir complètement. Il me besogne encore et encore jusqu'à grimacer de plaisir, et mes muscles internes se contractent autour de lui.

– Je t'aime, Lachlan Mount !

CHAPITRE 32

MOUNT

J'ai perdu le compte des orgasmes de Keira, mais quand elle devient toute molle à côté de moi, j'attire son corps contre le mien et je nous couvre tous les deux. Nous n'avons peut-être pas pu avoir de nuit de noces, mais je vais me rattraper.

Je suis toujours scotché par ce qu'elle a dit. Non, ce qu'elle a crié.

Je t'aime.

Je n'ai jamais su ce que pouvait bien vouloir dire le mot *amour*. Quand on grandit sans, cela n'a aucun sens. Je savais déjà que j'étais prêt à prendre une balle pour elle. À mourir pour elle. Que je vivrais pour elle.

Si c'est ça l'amour, alors peut-être que je commence à le comprendre. J'en comprends sans aucun doute au moins un peu et je ne veux jamais perdre ça. La perdre, elle.

Je ne veux plus jamais voir son sang sur mes mains. Plus jamais.

Elle se pelotonne contre moi et j'embrasse sa tempe en la serrant plus fort.

– Ils ne te toucheront plus jamais.

Mes yeux finissent par se fermer. Mais au lieu de plonger dans un sommeil sans rêves, je me débats dans un cauchemar où quelqu'un tente de me l'enlever.

***

Je ne sais pas combien de temps s'est écoulé lorsque je me réveille en sursaut, mais Keira ouvre les paupières au même instant.

– Quoi ? Qu'est-ce qui ne va pas ?

Elle est immédiatement en alerte, elle tend une main vers la table de nuit sur laquelle un revolver chargé est posé dans son holster.

Cette femme est parfaite pour moi.

– Rien.

Je retiens sa main avant qu'elle puisse atteindre le revolver.

– Tout va bien.

Elle pousse un gros soupir.

– Est-ce qu'on pourrait se réveiller la prochaine fois sans faire une attaque ? Ce serait super.

Un son monte de ma gorge, et je réalise que c'est un rire. Ou du moins un semblant de rire.

– Je vais essayer.

– Bien.

– En attendant, fais ton sac. Il est temps de foutre le camp de cette ville.

Keira écarquille ses yeux verts.

– Pourquoi ? Je croyais qu'on était en sécurité.

– On l'est. Mais je te veux pour moi tout seul. Loin d'ici. Sans distractions.

– Comme en lune de miel ?

– Appelle ça comme tu veux, mais il est temps d'y aller. Le jet sera prêt à décoller dans une heure.

Keira se mord la lèvre.

– Je sais que cela va te paraître nul, mais s'il te plaît, essaie de me comprendre.

Je croise les bras en essayant de piger ce qui peut bien déclencher cette expression d'indécision sur le visage de ma sauvageonne.

– Quoi ?

– Je ne peux pas partir maintenant. J'ai passé des jours enfermée entre ces quatre murs, à tenter de diriger ma boîte qui évolue rapidement. Et avant cela, j'étais à l'étranger pendant presque une semaine sans l'avoir prévu. Et ensuite il y a eu le prix, et les milliers de commandes…

C'est complètement dingue à la distillerie. Il faut vraiment, vraiment que j'aille bosser.

Ma première réaction est de passer outre ses protestations et de lui dire que c'est ridicule. Elle n'a pas besoin de travailler. Elle n'en aura plus jamais besoin. J'ai plus d'argent qu'il n'en faut pour nous procurer le style de vie le plus luxueux qui soit.

Mais je contrôle ma réaction instinctive.

– C'est donc comme ça d'être marié à une PDG ?

Elle hoche la tête.

– J'ai besoin que tu sois d'accord, parce que ça compte beaucoup pour moi.

– Faisons un compromis, alors.

Keira sursaute et hausse les sourcils.

– Tu sais ce que veut dire ce mot ?

Mes lèvres se tordent, je pense qu'elles essaient de sourire.

– Seulement avec toi.

– Alors, j'écoute ta proposition.

Devant son ton insolent, je la jette sur le lit.

– D'abord, je te baise. Et ensuite, on met ce dernier plug dans ton cul pour que tu sois fin prête pour moi.

Ses hanches se soulèvent, pour se presser contre moi. *Oui, elle est la femme idéale pour moi.*

– Est-ce que c'est tout ?

– Ensuite V te conduit au boulot, il reste avec toi et tu reviens me voir une fois que tout est sous contrôle. Tu as deux jours, ensuite on quitte ce putain de pays pour être Lachlan et Keira sur une plage, quelque part, sans un seul être humain à des kilomètres à la ronde.

Le sourire qui éclate sur ses lèvres est lumineux.

– Je peux arranger ça.

– Tant mieux. Parce que tu n'as pas d'autre choix.

– Je pensais que c'était un compromis.

Je hausse les épaules.
– Ça y ressemble suffisamment comme ça.

***

Lorsque je la laisse enfin sortir du lit, des heures plus tard, c'est avec un étrange sentiment de malaise. Peut-être est-ce à cause des événements de la semaine dernière, peut-être est-ce autre chose. Pendant qu'elle se prépare, je sors de la suite, V se retourne pour me faire face.
– Tu réponds d'elle sur ta vie.

CHAPITRE 33

KEIRA

Je pénètre dans l'immeuble et me dirige directement vers mon bureau, en espérant arriver au sous-sol sans que personne ne remarque mon nouveau garde du corps. Je ne sais pas pourquoi Lachlan a demandé à V de me coller comme ça, mais il est inutile de lui poser la question. Ma vie a changé. Je savais, quand j'ai prononcé ces vœux, que je pénétrais dans un monde différent et il va falloir que je trouve un moyen de le fondre avec le mien.

Je croise Tempérance à la porte de mon bureau. Son attention est attirée par moi, puis par V.

– Le chauffeur ne reste plus dans la voiture ?

– Entrons. Je dois t'expliquer certaines choses.

V nous laisse seules, il attend simplement de l'autre côté de la porte que je referme, ce qui va entraîner d'autres questions de la part de mes employés. Et c'est exactement ce que je dois expliquer à Tempérance.

Mon adjointe n'en perd pas une miette. Elle a les yeux rivés sur ma main gauche. Il est impossible que quelqu'un rate l'énorme diamant rose monté sur le fin anneau d'or rose incrusté de diamants.

Je n'ai eu ni le temps ni l'envie de demander à Lachlan comment il avait fait pour dénicher une bague aussi exquise en un temps aussi court, j'étais trop abasourdie par notre mariage. Mais enfin, c'est Lachlan Mount. Il lui suffit d'ordonner pour que les choses se fassent.

Tout cela me semble encore irréel, tout comme le poids de cette nouvelle alliance à mon doigt. Mais celle-ci, pour diverses raisons, me paraît pourtant parfaitement à sa place.

– Wouah, boss. C'est un sacré caillou. Tu as cambriolé une bijouterie et tu t'es planquée jusqu'à ce que ça se tasse ?

– Pas vraiment.

Je souris intérieurement, ce qui m'arrive plus souvent qu'à mon tour lorsque je regarde la pierre qui scintille.

– C'est quand le grand jour ?

Je pince les lèvres, je n'arrive pas à croire que je suis sur le point de le lui dire.

– Eh bien… en fait, ça a déjà eu lieu.

Elle reste bouche bée.

– Et je n'ai même pas été invitée au mariage ? (Elle lève une main.) Je rigole, mais sérieusement ? Tu… Je savais que tu cachais certains trucs, mais ça, c'est gros. Et je ne parle pas seulement de ta bague.

– Disons simplement que ça s'est fait sous l'impulsion du moment.

– Et l'heureux élu ?

– Tu le rencontreras un jour.

Elle prend un siège en face de moi.

– Je ne sais même pas quoi te dire.

J'aurais aimé que Lachlan et moi ayons décidé de ce que j'avais le droit de dire ou pas aux gens, mais je préfère rester prudente pour l'instant.

– Je sais, mais c'est ce que je voulais.

– Tu en es certaine ? Personne ne te menace ? me demande-t-elle, sans rire le moins du monde.

Je pense au juge et au prêtre qui ont recueilli nos vœux, et à tous les papiers que nous avons signés.

– Non, c'était ma volonté.

– Mais un jour, tu vas tout me raconter. Pas vrai ?

– Autant qu'il me sera possible.

Tempérance me fixe un bon moment avant de prendre une grande respiration.

– D'accord. C'est toi la boss. Donc, à quoi veux-tu t'atteler d'abord ?

Lorsque nous nous lançons dans la liste des sujets à traiter, Tempérance me prouve à quel point elle mérite son nouveau titre. Je réalise également que je n'aurai jamais assez de deux jours pour gérer tous les problèmes que je dois traiter. Donc, à présent, il faut que je trouve un moyen de faire revenir Lachlan à la table des négociations…

Heureusement, j'ai ma petite idée.

CHAPITRE 34

KEIRA

– Je croyais que nous nous étions mis d'accord sur le fait que tu me reviendrais, ma femme.

La façon possessive qu'a Lachlan de prononcer ce mot me fait frissonner lorsqu'il sort de l'ascenseur et se dirige vers moi.

– Les plans ont changé, mon mari. Assieds-toi.

Je désigne la table la plus demandée de *Seven Sinners*, qui est couverte de certains des meilleurs mets de La Nouvelle-Orléans et aussi du meilleur de ses fameux whiskeys.

– J'ai plus de travail que je le croyais, et comme cela nous empêche de partir en lune de miel, je me suis dit que tu apprécierais un dîner avec vue. Je ne peux pas cuisiner, du coup, c'est le mieux que je puisse faire.

L'un des sourcils de Lachlan grimpe de plusieurs centimètres.

– Que veux-tu dire, tu ne peux pas cuisiner ?

– Tu ne m'as jamais posé la question. J'espère que ce n'est pas rédhibitoire pour toi, parce que tu es coincé avec moi, à présent.

Son rire éclate dans la salle de restaurant vide. Même si j'ai décidé de fermer jusqu'à demain soir, j'ai supplié Odile de venir quand même. À présent, je lui dois une énorme faveur, et à la façon dont elle a dévoré V des yeux lorsqu'il m'a suivie en cuisine, j'ai comme l'impression que je sais en quoi va consister cette faveur.

Ma grande gueule de cheffe cajun se fiche bien qu'il soit muet. Elle a suffisamment de choses à dire pour tenir une conversation à elle toute seule.

– C'est une chance que nous ayons tous deux un chef, sans quoi nous mourrions de faim, dit Lachlan tout en tenant ma chaise.

Pendant qu'il fait le tour de la table pour prendre la sienne, je demande :

– Tu ne sais pas cuisiner non plus ?

– Rien qui vaille la peine d'être mangé.

– C'est une bonne chose que je m'occupe de vous deux ce soir, dit Odile qui exécute une dernière pirouette sur le sol en posant sur la table le dernier plat que je lui ai demandé.

Un petit gâteau sur un plateau d'argent.

Je ne lui ai pas dit que c'était mon gâteau de mariage, parce qu'elle m'aurait posé un million de questions supplémentaires. Heureusement, par je ne sais quel hasard, elle n'a pas remarqué ma bague.

Avant, il faut que l'homme qui me fait face me dise comment je vais raconter aux gens que je me suis subitement mariée et à qui je peux donner une explication. Je sais qu'il m'avait prévenue que ça ne serait pas normal et je ne demande pas que ça le soit, mais je dois dire quelque chose aux gens. Et encore, je ne veux même pas imaginer ce que je vais dire à ma famille.

– Merci, Odile.

Elle pose ses mains sur ses hanches.

– Y a-t-il autre chose que je puisse faire pour vous avant de rentrer chez moi ?

– Non. C'est parfait. J'apprécie.

Elle jette un coup d'œil à Lachlan, puis à moi.

– Bon appétit[4].

– Sachez que nous apprécions tous les deux, Madame Bordelon.

Je ne sais pas pourquoi je suis surprise que Lachlan connaisse son nom de famille, mais cela choque visiblement Odile. Elle hausse le menton.

– Je ne veux rien savoir, si ce n'est que vous la traiterez bien, Monsieur.

Je me mords la lèvre en me demandant comment il va répondre.

– Vous avez ma parole.

– Alors, je vous souhaite une bonne soirée à tous les deux.

---

4. En français dans le texte.

Je lui souris pendant qu'elle recule, le regard fixé sur V qui est posté à côté de l'ascenseur.

– V, accompagnez Madame Bordelon à sa voiture et prenez ensuite votre soirée.

Le visage d'Odile s'illumine et elle se rue pratiquement sur le muet.

– Tu n'as pas idée de ce que tu viens de déclencher.

Le regard de Lachlan revient sur moi.

– Tu ne crois pas qu'elle peut gérer V ?

Je regarde Odile qui est déjà en train de bavarder pendant qu'ils entrent dans l'ascenseur.

– Je ne suis pas sûre que lui puisse la gérer.

Une fois encore, le rire de Lachlan résonne dans la salle. C'est un son que j'aimerais entendre plus souvent. Quand il s'interrompt, il me montre le gâteau.

– Elle est au courant ?

Je secoue la tête.

– J'ai dit le minimum à Tempérance, mais à personne d'autre. Je ne sais pas quoi leur dire, en fait.

– Ce qui est le plus simple pour toi. Tout ou rien. Merde, tu n'es même pas obligée de porter cette bague si cela doit te causer trop de problèmes.

Je recule violemment ma main et je la serre dans l'autre, comme si Lachlan voulait essayer de me reprendre la bague.

– Je ne vais pas l'enlever.

Il arbore un sourire de satisfaction.

– Tant mieux. Parce que j'aime la voir à ton doigt.

– Pourtant, toi tu n'en as pas. Tu ne voudrais pas en porter, je suppose.

– Et pourquoi donc ?

– Est-ce que cela n'entraînerait pas de trop nombreuses questions ?

– Personne ne me questionne, à part toi.

Son sourire s'élargit encore et, sans attendre, je lui réponds par le mien.

– Je ne vais pas m'excuser pour ça.

– Je ne te le demanderai jamais.

Mon sourire s'élargit un peu plus encore. J'attrape le whiskey devant moi et j'en profite pour lever haut mon verre.

– À nous, dis-je lorsqu'il se saisit du sien.

– À nous.

– Et à notre empire, j'ajoute en le quittant des yeux pour admirer le soleil qui se couche sur La Nouvelle-Orléans en même temps que la pleine lune se lève.

– Je suis absolument d'accord pour trinquer à ça.

Nous faisons tinter nos verres avant de les vider. Quand le mien touche la table, je le regarde droit dans les yeux.

– Donc, au sujet de ce truc de plug anal… quand est-ce que je suis censée être prête ?

Un autre éclat de rire résonne à travers le restaurant. Décidément, le rire de Lachlan Mount est l'un des sons que je préfère au monde.

– Bientôt sauvageonne, bientôt.

***

Pendant que nous nous régalons avec tous les mets dressés devant nous en bavardant de tout et de rien, l'espoir en l'avenir augmente de plus en plus.

C'est la seconde fois que je me marie sur un coup de tête, mais cette fois, les circonstances sont totalement différentes. Cette fois, je crois que ça va marcher.

Pas uniquement à cause de la force de Lachlan Mount mais parce que nous comprenons tous les deux les défis auxquels nous faisons face, et que nous sommes prêts à les affronter ensemble.

Il m'a offert son aide. Son temps. Son talent. Sa fortune. À présent, il ne me reste plus qu'à lui faire comprendre qu'il est aussi amoureux de moi que je le suis de lui.

Je coupe deux petites parts du gâteau et je les pose dans les assiettes à dessert qu'Odile a laissées, puis j'en tends une à Lachlan.

– Tu sais comment ça marche ?

Il fronce les sourcils.

– Un gâteau ? Tu le manges.

Je souris.

– Ce n'est pas un simple gâteau.

Un éclair traverse son regard.

– Ah, je comprends. C'est comme ça que tu vas me demander de te laisser rester travailler plus longtemps, au lieu de t'embarquer sur une plage déserte ?

– Non. (Je lève la tête.) Mais comment as-tu deviné que je préparais ça ?

Son sourire est presque aussi hypnotique que ses éclats de rire.

– Parce que tu adores cet endroit et que tu ne partiras pas tant que tu ne seras pas certaine que tout roule.

Il me décrypte. Pas uniquement l'extérieur que je lui montre, mais l'intérieur de mon cœur.

– Est-ce que ça va te poser un problème ?

Il secoue la tête.

– Je savais pertinemment qui tu étais, et c'était ok pour moi depuis le début.

– Alors, tu avais un avantage sur moi, parce que je n'en avais aucune idée.

Je marque un temps d'arrêt en essayant de trouver comment je pourrais être plus précise. Lachlan attend en silence, presque impatient. Probablement le pire. Mais ce n'est pas du tout ce que je pense.

– Tu es l'homme le plus compliqué que j'aie jamais rencontré.

Il ouvre la bouche pour répondre, mais avant qu'il puisse prononcer un mot, je poursuis :

– Ce n'est pas un mal, en fait.

Je penche la tête vers le gâteau devant moi.

– Je ne t'aurais pas épousé si je n'étais pas déjà amoureuse de toi. Et je crois que je suis tombée amoureuse quand tu m'as enfin montré ton véritable visage. À Dublin. C'est là-bas que j'ai enfin pu entrevoir Lachlan, pas Mount.

– L'un ne va pas sans l'autre.

– Alors, je suppose que c'est une bonne chose que j'aie les deux.

Je me lève avec mon assiette de gâteau.

– Bon, officialisons tout ça.

Il se lève avec son assiette.

– Je croyais que c'est ce que nous avions fait devant le juge et le prêtre.

– Tu es vraiment un mec. Rien n'est officiel avant le gâteau et la danse.

Je vais le rejoindre de l'autre côté de la table.

– La danse ? demande-t-il, sourcil haussé.

– Oui, tout à fait, la danse.

Il m'attrape les doigts et j'enfourne mon morceau de gâteau, pendant que lui avale sa part. Le gâteau d'Odile, au whiskey et au chocolat, nappé de crème anglaise, fond sur ma langue.

– Seigneur, c'est fameux, dit Lachlan, et j'acquiesce.

– Tu pourras te resservir après la danse.

Il m'ôte mon assiette des mains et la fait tinter avec la sienne en les reposant sur la nappe.

– Il y a autre chose qui précède la danse.

– Qu'est-ce que c'est ?

Lachlan me prend dans ses bras.

– Je peux embrasser la mariée aussi longtemps que je le désire.

Mes joues me font mal tellement je souris fort.

– Je ne suis pas contre.

Ses lèvres se referment sur les miennes et la joie m'envahit tout entière.

CHAPITRE 35

MOUNT

J'ignore les trois premières sonneries de mon téléphone qui vibre dans ma poche, mais quand ça recommence une quatrième fois, Keira glousse et recule pour aller changer la musique.

Je le sors de ma poche, assez en pétard que quel-qu'un ose interrompre ce qui ressemble le plus à une fête de mariage. Keira et moi dansant dans le restaurant uniquement éclairé par des bougies et par la lune à travers les épaisses baies vitrées.

Le nom de J s'affiche sur l'écran.

– Mais qu'est-ce qui peut bien se passer que tu ne peux pas gérer toi-même ?

– J'ai appris que les flics préparaient une descente au casino pour ce soir, patron. Je me suis dit que tu aimerais être au courant.

– Ce soir, vraiment ? Mais qui n'a pas été payé ? Qui peut oser ?

– Apparemment il y a plus de flics honnêtes dans cette ville que nous le pensions.

– Boucle-la et tire ça au clair.

– Tu veux régler ça toi-même ou tu préfères que ce soit moi qui les voie ?

Keira se sert un autre verre de whiskey en chantonnant, en faisant défiler sa playlist pour me laisser tranquille. Je voudrais rester pour toujours dans cette pièce, mais ma vie est ainsi. Je n'ai pas toujours l'opportunité de décider à quel moment les flics vont faire leur descente. Cela dit, je vais leur faire clairement comprendre qu'ils ne sont pas les bienvenus dans mon établissement.

– J'arrive.

– Tu es sûr ? Parce que…

– Occupe-t'en. Je vais venir.

– Ok, boss. Je m'en charge.

Keira repose le verre vide de whiskey sur la table, ses yeux verts luisent d'inquiétude.

– Qu'est-ce qui ne va pas ? Que se passe-t-il ?

– Rien dont tu doives t'inquiéter, mais je dois aller régler quelques affaires.

Je lui tends la main, elle la serre fort.

– Nous reprendrons ça pendant notre lune de miel.

– Nous sommes une équipe à présent. Tu peux me dire s'il se passe quelque chose.

Je serre les dents. Sa question et le ton sur lequel elle la pose montrent une réelle inquiétude, mais mon instinct me pousse à la protéger le plus possible.

– Il y aura toujours des choses que tu n'auras pas besoin de savoir.

– Mais il y en a aussi d'autres que tu peux me dire. Si je venais de recevoir un coup de fil qui changeait mon comportement autant que celui-ci a changé le tien, tu ne me laisserais pas partir sans que je te donne une explication, Lachlan. En outre, personne ne peut plus me forcer à témoigner contre toi à présent.

Elle a raison, et je la respecte, elle et son désir de toujours tout savoir. Ce n'est pas un sujet de vie ou de mort que je dois garder pour moi. Je décide donc de la mettre au courant.

– Les flics vont venir au casino, et je dois m'assurer qu'il n'y aura plus rien à perquisitionner à leur arrivée.

– On aurait pu penser qu'ils te seraient reconnaissants d'avoir nettoyé les rues pour eux.

– Je suppose que c'est leur façon de me dire qu'ils n'ont pas apprécié mon aide.

– Ça s'est déjà produit auparavant ?

– Une fois, lorsque j'ai pris les commandes. Ils me testaient et nous sommes parvenus à un arrangement. Ça a duré un long moment. C'est juste un nouveau test, mais ce ne sera pas un problème.

– Ok. C'est tout ce que j'ai besoin de savoir. Vas-y.

Je fais le tour de la pièce du regard. Je n'ai pas envie de la laisser seule sans V dans les parages, mais je lui ai donné son congé pour la nuit.

– Qui y a-t-il d'autre dans le bâtiment ?

Keira jette un coup d'œil à sa montre.

– À cette heure-ci de la nuit ? Seulement Tempérance. Je lui ai dit qu'elle n'avait pas le droit de rester après moi, mais elle m'a répondu qu'elle ne partirait pas avant que je le fasse.

– Je vais appeler V et attendre qu'il arrive, ensuite…

Elle pousse un soupir exaspéré.

– Vas-y. Occupe-toi de tes affaires. Ça ira très bien.

– Je ne te laisse pas sans protection.

– J'ai un véritable arsenal dans mon bureau. Quiconque essaie de m'approcher sera mort avant d'avoir franchi ma porte. Je suis certaine que Tempérance aussi saura prendre soin d'elle.

Même si elle a l'air sûre d'elle, je n'aime pas l'idée qu'elle reste là sans V.

– J'envoie un texto à V. N'essaie même pas de quitter les lieux sans lui.

Keira dépose un baiser sur mes lèvres.

– Ne t'en fais pas pour moi. Vas-y.

Je plonge ma main dans ses cheveux et je l'embrasse profondément avant de reculer.

– À plus tard. Toi, moi, et plus d'interruption.

– Promis.

En me dirigeant vers l'ascenseur, j'éprouve le même sentiment désagréable que ce matin. J'envoie un message à V, lui ordonnant de ramener ses fesses à *Seven Sinners* le plus vite possible.

CHAPITRE 36

KEIRA

Je ne suis même pas encore arrivée à mon bureau que mon téléphone se met à sonner.

C'est Tempérance.

– Je suis en train de descendre, lui dis-je. Qu'est-ce qu'il y a ?

– L'alarme incendie dans l'entrepôt. Je viens juste d'être avertie. Je leur avais demandé de me mettre en première ligne lorsque tu es partie à Dublin. Il faut y aller. J'ai déjà prévenu les pompiers. Ils sont en route.

Putain de merde.

– J'arrive !

Puis je coupe la communication et je cours jusqu'à mon bureau.

Tempérance est déjà dans le couloir, son sac à la main.

– Allons-y, c'est moi qui conduis.

– Tant mieux, parce que je n'ai pas de voiture.

J'en toucherai deux mots à Lachlan pour les cas d'urgence, comme celui-ci.

Nous courons au parking et je grimpe dans la Tahoe de Tempérance.

– On ne peut pas se permettre de perdre l'entrepôt. Ce serait trop…

Tempérance semble aussi terrifiée que moi.

– Je sais. On serait baisées. Ça ne peut pas arriver, pas maintenant. Ça doit être une fausse alarme.

Tempérance appuie sur le champignon, exactement comme si elle venait de voler sa voiture, et part en direction des faubourgs de la ville. L'entrepôt est un grand bâtiment banal, le genre auquel personne ne prêterait attention sans savoir ce qu'il contient.

Lorsque Lachlan a admis qu'il y avait fait subtiliser une barrique de *Spirit of New Orleans*, je me suis dit qu'il faudrait améliorer le système de sécurité. Mais avec tout ce qui s'est passé depuis, je n'ai pas eu le temps. Et, évidemment, ça arrive maintenant.

– Mon père va me tuer s'il arrive quelque chose à ce whiskey.

Depuis le siège conducteur de son SUV, Tempérance me jette un regard.

– Oublie ton père. Qu'est-ce qu'on va bien pouvoir raconter à tous ces distributeurs avec lesquels on vient juste de signer des bons gros contrats bien juteux ?

Nous poursuivons le trajet dans un silence angoissé, jusqu'à ce que nous atteignions la clôture en fil barbelé qui entoure le bâtiment industriel. Des flammes s'échappent du premier étage, mais il n'y a aucun camion de pompiers en vue.

– Bonté divine !

Tempérance s'escrime sur le code du portail, ses roues soulèvent le gravier lorsqu'elle fonce vers le parking et qu'elle coupe le contact violemment.

– Où sont les pompiers ?

– Je ne sais pas ! Quand je les ai appelés, l'opérateur m'a dit qu'ils seraient là très vite.

On n'entend pas une sirène. Mon ventre se noue.

– Appelle-les à nouveau. Tout de suite. Je vais chercher un extincteur.

Elle m'attrape par le bras avant que je puisse ouvrir la portière.

– Tu déconnes ? C'est hors de question.

– C'est mon héritage. Je ne vais rester là, à le regarder se consumer sans rien faire.

Je saute de la voiture et je cours en direction de la porte latérale. La main crispée sur mon téléphone, je cherche le numéro de Lachlan, mais avant que je puisse appuyer sur la touche « APPEL », quelque chose de lourd me frappe l'arrière du crâne.

Tout ce que je ressens, c'est une douleur aiguë, puis tout devient noir.

CHAPITRE 37

MOUNT

Le casino est partiellement nettoyé lorsque j'arrive, mais pas encore complètement. Je vais me débrouiller pour que tout soit terminé avant l'arrivée des flics et je vais attendre pour avoir une discussion qui ne devrait même pas avoir lieu. Quand ils partiront, il n'y aura plus le moindre doute sur le fait que cette ville m'appartient toujours.

J'envoie un texto à V.

Mount : Tu l'as ?

V : Pas encore. Suis en route.

Mount : Dis-moi quand tu l'as.

V : Ok.

J'aide à dégager les tables, à remplir plusieurs camions de tout ce qui va quitter la ville dans différentes directions, jusqu'à ce que des gouttes de sueur ruissellent dans mon cou. V ne m'a pas encore envoyé de message, ça fait déjà au moins quarante minutes. Quelque chose ne tourne pas rond.

Mount : Tu l'as ?

V : Elle n'est pas ici. J'ai cherché partout. Personne. Je ne la trouve pas.

J'ai toujours vécu en suivant mon instinct, j'aurais dû l'écouter cette fois encore. Quelque chose déconne vraiment.

Mount : Trouve-la. MAINTENANT.

Puis j'appelle J.

– Est-ce qu'on a raté quelqu'un ?

Je n'ai pas besoin de préciser de quoi je parle.

– Non, boss. On les a tous eus. Jusqu'au dernier.

– Certain ? Parce que si tu te trompes…

– Je ne me trompe pas. Mais qu'est-ce qui se passe, bordel ?

– V n'arrive pas à trouver Keira à la distillerie. Il y a quelque chose qui cloche.

– V ne trouverait pas ses lunettes sur le bout de son nez. C'est un grand immeuble. Il s'est probablement paumé.

Le ton méprisant de J me fout les boules. Je ne me donne pas la peine de lui répondre.

Je raccroche.

CHAPITRE 38

KEIRA

Je me réveille, les mains liées dans le dos. Une véritable puanteur m'emplit les narines.

– Oh mon Dieu, qu'est-ce qui se passe ?

– Espèce de salope ! Tu ne veux pas crever, hein ?

J'ouvre les yeux, fixe le faisceau d'une lampe torche et la femme blonde debout derrière. Ses cheveux clairs paraissent quasi blancs. Je ne l'ai jamais vue de ma vie.

– Mais qui êtes-vous ?

Je crache ces mots alors que l'horrible odeur menace de me faire rendre mon dîner.

– Je suis la seule qui le comprenne. C'est moi qui dois être avec lui. C'est moi son destin.

– Qu'est-ce que vous racontez ?

Je me débats pour m'asseoir, mais ma main touche quelque chose qui craque et s'écroule sous elle.

Je quitte la femme du regard une seconde pour regarder ce que la lampe torche éclaire d'autre.

– Oh, mon Dieu !

Je suis allongée sur un tas de cadavres. Des squelettes. Des corps en décomposition. Qui portent tous des vêtements féminins. Le clair de lune pénètre par les fissures du plafond et révèle que je me trouve dans un mausolée.

Non. Non, ce n'est pas en train d'arriver. Je fais un cauchemar. La bile remonte dans ma gorge lorsqu'elle pointe un revolver dans ma direction.

– Lorsqu'on veut que quelque chose soit correctement fait, il faut toujours le faire soi-même.

Elle appuie sur la gâchette à l'instant où j'essaie de me tortiller. La balle me traverse l'épaule, la douleur est fulgurante, l'impact me coupe la respiration et je tombe de côté sur quelque chose de mou.

Le faisceau de la lampe torche rebondit alors qu'elle se retourne pour partir, mais avant qu'elle ferme la porte, la lumière éclaire un visage contre le mien.

C'est le visage de Magnolia.

Oh mon Dieu, non !

– Mais qu'est-ce que tu as fait, espèce de dingue de sale pute ?

– Quoi ?… c'est toi, la sale pute. Il a d'abord été à moi, et, que tu le veuilles ou non, il sera toujours à moi. Tu as fait une erreur. Tu ne recommenceras pas. Aucune d'entre vous n'aura de seconde chance, lance la femme pendant que la dernière lueur s'éteint, me laissant seule à me vider de mon sang à côté de ma meilleure amie.

– À l'aide !

Je crie jusqu'à ce que ma voix se brise, et soudain, tout redevient noir.

CHAPITRE 39

MOUNT

– Où es-tu, J, bordel ? Les flics ne sont pas passés. Qui t'a refilé ce tuyau ? Parce que si c'était pipeau, une tête va rouler par terre.

– C'est une source fiable. J'arrive. Je serai là dans cinq minutes, boss.

V ne trouve toujours pas Keira. La voiture de Tempérance n'est plus là. J est en chemin et je suis en train de perdre la boule.

Bon sang !... le collier. Son pisteur GPS. Keira le porte toujours.

J'ouvre l'application et j'attends qu'elle monte. Ça prend un temps qui me semble infini.

Pas de signal. J'ai oublié qu'ici, à l'étage du casino, nous avons bloqué tous les accès au Wifi et à Internet.

Merde. Merde...Je me rue à l'extérieur et je cours jusqu'à mon bureau.

Une fois arrivé, je tente à nouveau d'ouvrir l'appli sur mon téléphone tout en me précipitant pour allumer mon ordinateur. Lorsqu'elle apparaît enfin sur l'écran, J entre. Je murmure alors :

– Ça n'a vraiment aucun sens.

Je connais l'endroit, j'y vais au moins deux fois par an. Ça ne peut pas être vrai.

– Est-ce que V l'a trouvée, boss ?

– Hélas non, V ne l'a pas encore trouvée… putain ! Je viens de le faire, et j'ai besoin que tu me dises ce qui se passe, bordel.

Je regarde J bien en face, ses cheveux blonds tombent sur ses épaules au lieu d'être retenus dans le petit chignon serré qu'elle porte d'habitude.

– Calme-toi, Mikey. Ça va aller.

– Putain, ne m'appelle pas comme ça ! Tu le sais parfaitement, J.

***

Dix-sept ans plus tôt

Mon pager s'est mis à vibrer en affichant un numéro que je ne connais que trop bien, suivi du 911[5].

Eh merde, dans quel genre de galère s'est encore collée Hope ? Je sais bien qu'elle se débat. Nous nous débattons tous à cause du merdier que nous

5. C'est le numéro des urgences aux États-Unis.

avons traversé. Le jour où Hope a monté les escaliers du refuge en laissant l'enfer derrière elle, j'ai su que rien ne serait plus jamais comme avant. C'était l'instinct.

Le premier homme que j'ai tué, c'était cette grosse merde de Jerry, qui avait sa bite à l'air pour violer une môme de quatorze ans. J'avais espéré que le fait de quitter cette maison avant qu'il puisse la toucher allait la conduire sur une meilleure voie, et ce fut le cas, pendant un moment du moins.

Pendant mes années de vie dans la rue, je n'ai pas pu faire grand-chose, à part vérifier que Hope et Destiny ne sortaient pas de leur nouvelle maison avec des marques de coups ou mal fagotées. Je les ai surveillées du mieux que j'ai pu. Depuis que Morello m'avait fait entrer dans l'organisation, ma vie lui appartenait. Peu à peu, j'ai obtenu un peu plus de pouvoir, et je me suis servi de ce pouvoir pour m'assurer que Hope aurait son diplôme de fin d'études et qu'elle pourrait obtenir la garde de Destiny.

J'ai payé leurs factures pendant des années, et pas seulement parce que Hope n'avait toujours pas obtenu son diplôme. Je me sentais responsable. On ne s'occupe pas de deux personnes pendant si longtemps pour ensuite les laisser tomber.

Du moins, ce n'est pas ce que j'ai fait.

C'était peut-être ça le problème. J'aurais dû donner plus de responsabilités à Hope concernant sa putain de nouvelle vie. Elle était restée à la fac des années sans avoir le moindre diplôme en poche, mais je ne l'avais pas forcée à prendre un boulot à plein temps pour autant.

C'était surtout parce que je voulais qu'elle soit là pour Destiny. Hope n'était peut-être pas le meilleur exemple pour elle, mais elle était mieux que n'importe qui d'autre que j'avais sous la main.

En plus, Destiny était super-intelligente, et elle avait toute la vie devant elle. Hope et moi voulions la protéger.

J'ai quitté mon bureau, celui dans lequel j'avais tué Morello pour avoir abusé d'une autre fille – comme Jerry avait osé le faire avec Hope – avec un coup-de-poing américain et un Zippo dans une poche, un cran d'arrêt dans l'autre, et deux 45 dans leur holster sous mon manteau. Bon sang, à présent je n'allais plus à une fusillade, armé d'un simple Opinel. Je n'avais même plus besoin de m'y rendre du tout. Mais, dans ce cas, je n'avais aucune envie de déléguer. Hope et Destiny étaient très spéciales pour moi.

Il ne m'a fallu que dix minutes pour arriver à la maison que j'avais achetée pour Hope. À l'intérieur, on brisait de la vaisselle et un homme hurlait. Destiny était recroquevillée sous l'escalier, elle se balançait d'avant en arrière. Elle avait presque dix-huit ans, mais recroquevillée et terrifiée comme elle l'était, elle semblait avoir cinq ans à nouveau.

J'ai tout de suite compris.

– Qu'est-ce qui se passe ? lui ai-je demandé.

– Je ne sais pas. Il est… il est vraiment en colère. Hope l'a réveillé par inadvertance et ça a commencé. Elle s'est interposée et je me suis enfuie. Je ne l'entends plus, Mikey. J'ai peur.

Destiny a ravalé ses larmes.

– Pourquoi est-ce que je ne l'entends plus ?

Je grimpais déjà les marches quatre à quatre, trop concentré pour lui dire de ne pas m'appeler ainsi. Michael Arche était mort à treize ans.

J'ai défoncé la porte, j'ai sorti mon flingue et j'ai balayé la pièce.

Je n'étais pas le seul à porter une arme dans la maison.

Un homme se tenait derrière l'îlot central de la cuisine, il balançait une assiette après l'autre par terre, un revolver dans la main.

– Espèce de pute stupide ! Tu sais qu'il ne faut pas faire de bruit quand je dors.

Et il a jeté une autre assiette. Destiny avait raison. Je n'entendais pas Hope et je n'allais certainement pas tirer sans savoir où elle était, même si je mourais d'envie de balancer une balle dans le crâne de cet enfoiré qui avait foutu les jetons à Destiny.

– Tourne-toi, connard !

Il s'est retourné, l'air bourré, son revolver vintage s'est soulevé lorsqu'il s'est mis à me viser de côté, comme dans les films de gangster.

Quel espèce d'imbécile !

– Bordel, qui tu es, toi ?

– Où est Hope, putain ?

– C'est pas tes oignons.

Il a levé son autre main et a armé son flingue, c'est alors que j'ai remarqué un liquide sombre qui gouttait de la crosse.

Du sang. J'en avais vu suffisamment au cours de ma vie pour le reconnaître.

– Pose ce flingue, et tout de suite, ou je ne vais pas te tirer dessus. Je vais te dépecer vivant jusqu'à ce que tu implores ma pitié.

– Ne me parle pas sur ce ton. Tu es encore pire que cette langue de pute, mais je l'ai fait taire comme il faut.

En m'avançant vers lui, l'odeur de sueur et d'alcool se faisait plus prégnante à chaque pas.

– Mais qu'est-ce que tu crois que tu es en train de faire ?

J'ai appuyé sur la détente de mon 45 avant qu'il ait le temps de terminer sa phrase, il a hurlé lorsque le revolver a glissé de l'appendice pendouillant et mutilé qui lui servait de main. Le flingue est tombé par terre et s'est déchargé.

Putain de merde. Ça ne peut pas être possible.

– Tu m'as tiré dessus !

Il a levé ce qui restait de sa main dont le sang coulait à gros bouillons, puis il a baissé les yeux.

– Et elle !

Mon cœur, ce morceau de charbon noir dans ma poitrine, s'est arrêté de battre un instant.

– Quoi ?

J'ai fait le tour du comptoir pour découvrir le corps de Hope sur le lino, recroquevillé dans une position défensive comme s'il l'avait rouée de coups. Des bris d'assiettes recouvraient le sol et le sang dégoulinait des petites coupures qu'elle avait aux bras et aux jambes.

Mais ce n'était pas tout. Destiny venait de se ruer dans la maison, une batte de base-ball dans les mains. Une putain de Louisville Slugger. Ce n'était pas la même que celle que j'avais utilisée lors de mon premier meurtre, mais elle lui ressemblait étrangement.

– Ne le laisse pas lui faire encore du mal ! a-t-elle crié depuis la porte d'entrée, prête à venir secourir sa sœur aînée.

Je ne sais pas si c'est ma présence qui lui a donné du courage, ou si elle avait déjà eu à faire ça auparavant. Le mot « encore » résonnait dans ma tête pendant que je fixais le gros trou dans la poitrine de Hope et ses cheveux couverts de sang, là où visiblement il l'avait frappée à coups de revolver. Des deux blessures, des flaques de sang suintaient autour de son corps, sa poitrine ne bougeait plus.

– Tu t'en es pris au mauvais mec, connard !

Et j'ai tiré, j'ai soufflé la majeure partie de son autre main et Destiny a bondi dans la cuisine. Je l'ai attrapée par la taille pour tenter de l'empêcher de découvrir ce que j'avais vu. Le cadavre de sa sœur.

Je n'avais pas le moindre doute, Hope était morte. La seule chose que j'ignorais, c'était qui l'avait tuée… La merde qui se tordait sur le sol à côté d'elle, deux morceaux sanguinolents au bout des bras, ou moi, parce que j'avais tiré sur le pistolet qu'il tenait.

Cette possibilité me soulevait le cœur.

Je suis tellement désolé, Hope.

J'ai relâché mon attention. J'ai mésestimé la souplesse de Destiny, elle s'est glissée hors de mes bras.

– Non, Dési !

Je l'ai rattrapée au moment où son pied nu se posait sur un éclat de verre. Je l'ai soulevée dans mes bras et je l'ai tournée contre ma poitrine.

– Lâche-moi !

– Non. Il ne faut pas que tu voies ça.

– Mais Hope…

– Hope est morte, Dési. Je suis tellement désolé.

J'avais la voix enrouée, l'émotion me submergeait comme jamais depuis des années.

– Non.

Elle a crié tout le temps que je l'emportais hors de la maison, ses larmes détrempaient ma chemise. Ses cris se sont transformés en hoquets déchirants.

– S'il te plaît. Non. Non. Non.

Destiny n'était toujours pas calmée quand nous sommes arrivés à la voiture. Je l'ai installée sur le siège avant, elle est repassée à l'action en me griffant pour essayer de retourner à la maison et à Hope.

Je l'ai agrippée par ses épaules menues et je l'ai secouée pour retenir son attention.

– Tu ne vas pas y retourner. Tu m'entends ?

– Mikey…

– Mount, je l'ai corrigée, parce qu'elle paraissait ne pas pouvoir oublier le passé.

Oui, enfin… aucun de nous n'était prêt à l'oublier aujourd'hui.

– Hope…

J'ai plongé mon regard dans les yeux pleins de larmes de Destiny.

– Reprends-toi, Dési. Tout de suite. Hope est morte.

– Elle ne peut pas être morte.

La voix de Destiny était tellement pleine de tristesse que le peu qui restait de mon propre cœur a craqué, lui aussi. Elle a reniflé et a passé les deux bras autour de ses jambes, s'est mise en boule, toute frissonnante sur son siège, et s'est mise à se balancer.

– Je suis vraiment désolé, mais elle l'est. Toi en revanche, tu ne l'es pas et on va te sortir de cet enfer. Je vais prendre soin de toi, comme je l'ai toujours fait, Dési. Tu comprends ?

La tête de Destiny a remué pendant qu'elle se balançait. Ses larmes se sont taries, elle s'est mordu la lèvre. Cela dénotait une incroyable volonté, pour une adolescente, d'être capable de réfréner si rapidement ses émotions.

– S'il te plaît, ne la laisse pas avec lui, m'a-t-elle supplié. Ne fais pas ça.

– Ne t'inquiète pas. Je ne vais pas l'abandonner. Je ne l'aurais jamais laissée derrière moi. Tu vas pouvoir te contrôler ?

– Ouais. Ouais. S'il te plaît, va la chercher.

– Respire, Dési.

Elle a de nouveau hoché la tête, toujours en se balançant mais en respirant profondément.

J'ai fermé la portière et je me suis d'abord dirigé vers le hangar, sur le côté de la maison. Il m'a fallu trente secondes pour trouver le bidon d'essence. J'ai couru à l'intérieur, gravi les escaliers, puis je l'ai renversée sur toutes les surfaces inflammables que j'ai croisées, sauf sur la couette du lit. Que j'ai arrachée avant de descendre, toujours en courant, et d'en recouvrir le corps de Hope.

Le connard à côté d'elle était déjà inconscient. Je ne saurais jamais ce qui s'était passé avant que j'arrive, mais ça n'avait plus d'importance. J'ai sorti mon Zippo de ma poche, puis j'ai soulevé Hope et je me suis dirigé vers la sortie. Avant de claquer la porte derrière moi, j'ai ouvert le briquet et je l'ai allumé. À l'instant où il a atteint le sol du salon, l'essence s'est enflammée. J'ai marché jusqu'à la voiture, la chaleur de l'incendie dans mon dos, vers le visage dévasté de Destiny qui me regardait à travers la vitre.

En soulevant le corps de Hope, j'ai ouvert la portière arrière et je l'ai installée en travers du siège.

– Ne regarde pas, Dési.

Elle a tourné la tête. J'ai ensuite ouvert côté conducteur, je suis tombé sur le siège et j'ai mis les gaz.

– Tu ne retourneras plus à cette putain de LSU[6], Dési. Tu vas partir beaucoup plus loin de cette ville.

Les sirènes hurlaient dans le lointain, j'ai avalé l'asphalte de la chaussée déformée en laissant la maison en flammes derrière moi.

Destiny n'arrêtait pas de renifler, emmurée dans son chagrin, tout comme moi.

– Je veux rester avec toi.

Je ne l'ai pas regardée, j'ai brûlé un stop.

– Non. Hors de question. Choisis n'importe quelle fac, et je t'y inscris. Mais tu ne restes pas ici. Je veux que tu partes le plus loin possible de moi.

Nous étions pratiquement arrivés au Quartier Français quand Destiny a finalement repris la parole.

– J'ai entendu dire qu'il y avait un très bon programme d'informatique au MIT.

Je me suis retourné pour la regarder. Elle était étonnamment résiliente. Encore une fleur poussant entre les fissures de la chaussée.

– Va pour le MIT.

Nous n'avons jamais reparlé de Hope. Avant de l'expédier au MIT, chaque fois que j'ai essayé de lui reparler de sa sœur, Destiny s'est refermée complètement, comme un jouet brisé.

---

6. Louisiana State University, l'université de l'État de Louisiane.

CHAPITRE 40

KEIRA

Aujourd'hui

Je me débats dans l'obscurité et j'ouvre les yeux. La douleur irradie dans tout mon corps, c'est bien plus douloureux qu'après l'accident de voiture.

La seule lumière dans la crypte provient de la pleine lune qui s'infiltre à travers les fissures de l'enduit, dans la partie supérieure du mur. Cela ne suffit pas pour voir l'horreur de ce qui m'entoure, mais je peux la sentir.

– Mag ?

Ma voix finit par se briser dans un chuchotement lorsque j'essaie d'apprivoiser la douleur et de tendre une main vers elle.

– Mag, tu ne peux pas mourir.

Les dernières paroles que nous avons échangées étaient pleines de colère, et je ne pourrais pas le supporter.

Si toutefois je survis.

Angoissée à l'idée de ce que mes doigts pourraient bien rencontrer, je les glisse le long de la soie de son kimono, jusqu'à ce que je rencontre la peau de son cou.

Elle est encore chaude.

– Mag !

Cette fois, je crie son nom, mais je n'obtiens aucune réponse.

Je ne sais pas combien de temps il faut pour qu'un corps refroidisse après que la vie l'a quitté, mais je refuse de croire que c'est ce qui est en train de se passer.

– Tu ne peux pas mourir, Magnolia Marie. Je refuse de le croire.

Mon épaule droite pulse à chaque battement de mon cœur, m'indiquant ainsi que le sang s'écoule de mon corps. Il faut que j'arrête l'hémorragie, mais d'abord il faut que je sache si Magnolia est morte.

Je trouve sa carotide et je ferme les yeux. Je repousse ma propre douleur en priant pour trouver un signe de vie.

D'abord, je ne sens rien. Mais ensuite… le voilà. C'est un fil. C'est bien ça le mot qu'ils utilisent dans ces shows sur les services d'urgence des hôpitaux, non ? Elle n'est pas morte.

– Mag, réveille-toi, putain !

Je tends le bras pour atteindre son visage, en espérant qu'elle va me répondre, mais elle ne le fait pas. Je suis dans une tombe silencieuse, entourée des cadavres de ce que je suppose être les maîtresses disparues. Peut-être même de Richelle LaFLeur.

Mais comment est-ce possible ?

Lachlan Mount, l'homme que j'ai épousé, ne tuerait pas une femme innocente. Mais cette salope blonde ? Elle avait l'air complètement folle.

Mais qui peut-elle bien être ?

– Reste avec moi, Mag, je murmure, tout en déchirant la manche droite de mon chemisier pour la plaquer sur mon épaule gauche.

En quelques secondes, le sang imbibe le tissu.

Je suis en train de me vider de mon sang. Je ne sais pas comment je le sais, mais je le sais.

Si je meurs, Magnolia aussi va mourir. Et ça, je ne peux pas l'accepter.

Je me débrouille pour me relever, je cherche désespérément un moyen de nous en sortir, mais la douleur est trop forte. Des taches noires obscurcissent ma vision, et je m'écroule à nouveau dans ce cloaque innommable.

Non, il faut que j'essaie encore.

Mes réserves de force s'évanouissent peu à peu, la douleur trouble mes sens.

Je recommence à tomber dans les pommes et une dernière pensée claire traverse mon esprit.

Lachlan va brûler cette ville de fond en comble s'il m'arrive quelque chose.

CHAPITRE 41

MOUNT

Je connais trop bien l'endroit qu'indique le GPS. Et cela n'a aucun sens. Ou bien, au contraire, ça n'en a que trop.

Ce n'est pas possible.

Je m'écarte de mon bureau en attrapant un revolver dans le tiroir.

– Que fais-tu ? me demande mon lieutenant.

– Je vais chercher ma femme.

– Tu as épousé cette pute ?

Lorsque j'entends ces mots, tout devient clair comme le cristal.

Je lève les yeux sur J.

– Surveille ton langage lorsque tu parles d'elle et dis-moi ce que tu as fait.

Je lève le pistolet vers elle.

J était revenue après quatre ans et un double doctorat du MIT. Elle avait passé ses week-ends et toutes ses vacances à suivre des cours de close combat, généralement réservés aux professionnels de la sécurité. Endurcie au combat, voilà comment elle se décrivait lorsqu'elle m'a demandé un poste dans mon organisation en m'expliquant que La Nouvelle-Orléans était son foyer, et que j'étais sa seule famille.

Je lui avais répondu que si je lui permettais de rester, personne ne devrait jamais connaître son identité. Et comme tout le monde au sein de mon organisation, elle ne fut plus connue que par une initiale. La première lettre de son nom de famille, Jones.

– Comment as-tu pu l'épouser ?

Son cri résonne contre les murs de la maison.

– Qu'est-ce que tu lui as fait, J ?

– Appelle-moi Destiny, bon sang !

Elle se balance sur ses talons, comme la fille brisée que j'ai trouvée cachée sous le perron, mais je ne veux pas penser à ça. Mon instinct me dit que c'est elle la responsable de tout ça.

– Si tu ne me dis pas ce que tu as fait de Keira dans les deux secondes, je te tue sur-le-champ. Qu'il en soit ainsi !

La trahison et la surprise se lisent sur son visage qui se ferme.

– J'ai fait ce que je devais faire.

– Si tu as osé poser la main sur elle, je jure devant Dieu…

– Quoi ? Que tu vas me tuer, Mickey ? Après toutes ces années ? Elle était un obstacle. Elles étaient toutes des obstacles, mais je me suis occupée d'elles dès que tu en avais terminé, pour qu'on n'ait pas de problèmes. Mais voilà que Madame la reine des maquerelles a outrepassé ses prérogatives en t'en fourguant une qui n'était pas une pute. Du moins, au début. Elle n'aurait pas dû essayer de te piéger. Personne ne peut survivre à ça.

– Qu'est-ce que tu leur as fait ? je grogne.

– Tu n'étais pas supposé l'aimer ! Tu étais censé n'aimer que moi.

Mon rugissement remplit le bureau, et j'appuie sur la gâchette.

La balle l'atteint à la main. Elle se met à hurler lorsque le sang jaillit.

D entre en trombe dans la pièce, son regard stupéfait va de J à moi.

– Patron ?

– Enferme J. Et ne la quitte pas une seconde des yeux, ou je vous tue tous les deux. Z et moi nous partons chercher ma femme, et vous avez tous intérêt à ce qu'elle soit encore vivante.

CHAPITRE 42

KEIRA

Je perds la notion du temps, je me réveille et je lutte pour rester consciente. Je hurle à m'en casser la voix. Pas de trace de coups sur le corps de Magnolia, mais je l'entoure de mes bras. Ni elle ni moi n'allons pouvoir survivre bien longtemps.

Le vrombissement d'un moteur me ramène au monde extérieur. À l'extérieur de cette tombe où j'étais certaine que j'allais mourir. Je crie en poussant la tête de Magnolia sur ma poitrine et mes doigts touchent quelque chose. Ses piques à cheveux.

J'en attrape une et je tire. Si cette pute revient, c'est elle qui va mourir.

Mes pensées sont confuses et mon corps hurle de douleur quand j'essaie de me relever.

Des os craquent sous moi, l'odeur de décomposition me soulève le cœur. C'est quelque chose que je n'oublierai jamais, aussi longtemps que je vivrai.

– À l'aide ! je crie, la voix cassée.

Je perds l'équilibre et je tombe en avant, la tête la première sur un cadavre. La pique d'argent m'échappe.

Les charnières de la porte font un grincement métallique lorsque le panneau de bois s'ouvre. Mon plan était de sortir de ces cadavres et de poignarder cette salope au cœur, mais j'ai perdu ma seule arme.

– Tiens bon. Tiens bon, putain. Tu n'as pas intérêt à mourir, Keira !

C'est la voix de Lachlan.

Ou bien est-ce que je rêve encore ?

Je n'arrive plus à séparer la réalité des cauchemars. Du moins, jusqu'à ce que je lève la tête et qu'un faisceau de lampe de poche m'aveugle.

– Keira !

– Lachlan ?

Il entre et sa main attrape la mienne.

– Je t'interdis de mourir, sauvageonne. Pas maintenant. Jamais.

Je cligne des yeux et son regard paniqué me bouleverse, à l'instant même où mon cœur semble vouloir s'arrêter. Des taches noires obscurcissent son visage, alors je bredouille une dernière requête.

– Mag. Sauve Mag aussi !

CHAPITRE 43

MOUNT

La peur. Je n'ai pas ressenti ça depuis des années, mais elle s'empare de moi comme un démon des enfers lorsque les yeux de Keira se révulsent et que je l'extirpe d'un tas de cadavres dans le mausolée de Hope.

Je n'arrive pas à comprendre ce que je vois. Ce n'est pas possible. J n'a pas pu faire ça.

Sans attendre, je retire ma veste et je m'en sers pour essayer d'aider Keira, en comprimant délicatement sa blessure.

Mag. Keira a prononcé son nom avant de s'évanouir, alors je crie à Z :

– Regarde si la maquerelle est là. Moi, j'appelle les secours.

En trente ans, je ne suis jamais allé à l'hôpital, je n'ai jamais appelé la police à l'aide. Mais pour Keira, je suis prêt à tout.

La voix de l'opératrice semble étouffée, peut-être est-ce le sang qui pulse dans mon oreille qui rend les bruits étranges alors que j'appuie de toutes mes forces sur l'épaule de Keira.

Comme il faut que je reste calme, je compartimente. Une partie de moi est en train de perdre la tête devant le spectacle de ma femme qui se vide de son sang, pendant que l'autre indique l'adresse à ces putains de coordinateurs GPS en les menaçant si jamais ils n'arrivent pas assez vite. Lorsque le coordinateur me demande d'attendre en restant en ligne, je raccroche et j'appelle la cavalerie.

Le téléphone de V se connecte, mais il ne dit rien.

– Je l'ai, et il est hors de question que je la perde.

Je lui donne les mêmes indications qu'à l'opérateur des secours.

Quand je raccroche, Z sort de la tombe avec le corps de la maquerelle dans les bras.

– Elle est morte ?

Z la dépose par terre à côté de Keira et cherche son pouls.

– Presque. Mais pas tout à fait.

Eh merde !

Pour la première fois de ma vie, je me mets à prier. J'ai tellement envie d'entendre les sirènes arriver, parce que tout mon univers est en train de s'écrouler. Le sang de Keira, en coulant sur l'herbe malgré la pression que j'exerce sur la blessure, paraît presque noir dans la lumière de la lune.

– Ce n'est pas vrai ! Tu vas vivre, bon sang ! Ne me quitte pas, putain ! Je t'aime !

CHAPITRE 44

MOUNT

Je pensais que vivre dans la rue, c'était l'enfer. J'avais tort. L'enfer, c'est une salle d'attente d'hôpital quand vous ne savez pas si la femme que vous aimez va vivre ou mourir.

J'offre tout ce que je possède, y compris ma propre vie, à Dieu, au diable, à toute puissance supérieure qui m'écoute, s'ils lui accordent la vie.

Je vous en supplie, pourquoi ne me prenez-vous pas ? Moi qui ne suis qu'une merde qui ne mérite même pas de la toucher.

Peut-être existe-t-il des âmes trop noires pour que l'enfer les veuille.

Je me penche sur mes genoux, et pour la première fois en plus de trente ans, mes joues se mouillent pendant que je prie.

CHAPITRE 45

KEIRA

– Réveille-toi ma chérie. Ouvre les yeux. S'il te plaît, Keira.

La voix se glisse dans mon inconscience.

Mes paupières sont tellement lourdes. Je respire, mais j'ai un poids sur la poitrine.

– Uhhh.

– Keira ! Chérie ! Reviens vers nous. Je t'en prie.

Une main attrape la mienne et la serre. Je me force à ouvrir les yeux, mais mon champ de vision reste flou,

Je veux poser la question « *qu'est-ce qui s'est passé ?* », mais ça ressemble plus à un *Qu'estcepppssss ?*

– Tu vas bien. Tu vas t'en sortir, Keira, ça va aller.

Ma gorge me fait mal. Mon épaule me fait mal. Mon cœur me fait mal. J'ai mal partout. J'ai l'impression que je ne veux plus jamais bouger. Je suis sûre d'avoir déjà ressenti ça.

Des murs blancs. Des antiseptiques. Des bips. Est-ce que je suis en train de rêver ?

Une voix intérieure hurle en moi : Réveille-toi ! Par deux fois, je cligne des yeux avant d'y voir clair.

Mais en face de moi, ce n'est pas la personne que j'espérais trouver. Je remue dans mon lit d'hôpital, ma tête dodeline d'un côté à l'autre. Cette fois, il n'y a pas de lit vide à côté du mien.

Je grogne en tentant d'articuler un son différent, mais je n'arrive qu'à produire un grognement.

Où est-il ? C'est la première pensée qui se forme dans mon cerveau. *Où est Lachlan ?* Mais ce n'est pas la question qui sort de ma bouche.

– Maman ?

– Merci, mon Dieu. Ne nous fais plus jamais peur comme ça.

Ses yeux verts pleins de larmes, légèrement plus foncés que les miens, et son visage me semblent plus âgés que sur la dernière photo que j'ai d'elle.

– Doux Jésus. Merci, mon Dieu.

La voix profonde de mon père recouvre la sienne lorsqu'il entre dans mon champ de vision.

– Papa ?

Cela n'a aucun sens. *Comment est-ce que mes parents sont arrivés jusqu'ici ? Et où est Lachlan ?*

– Comment…

– Chuttt, ma chérie. Ne parle pas. Ils t'ont gardée pendant des heures en salle d'opération. Ils ont dit que tu allais avoir mal à la gorge à cause de l'intubation. Jésus Marie, quand nous avons reçu l'appel de la société de gardiennage et que tu n'as pas répondu et qu'ensuite Millie nous a appelés plusieurs heures après en disant que tu arrivais toute seule en ambulance…

Seule ? La voix de maman se brise :

– Nous avons fait tout ce qui était humainement possible pour venir le plus vite possible. Elle ne savait pas si tu allais t'en sortir.

Millie. La cousine de ma mère, infirmière au service des urgences. Cela explique comment mes parents ont été prévenus… mais seule ?

– Qu'est-ce qui est arrivé ? je demande à nouveau, l'esprit embrumé par Dieu sait quels médicaments qu'ils m'ont transfusés.

– On t'a tiré dessus, dit mon père. Les employés de l'EMTS[7] et l'ambulance qui t'a amenée ici sont introuvables. Qu'est-ce qui a bien pu t'arriver, ma puce ?

La voix de mon père est pleine de colère, de peur et d'une émotion que je ne lui ai pas entendue depuis bien longtemps. Je déglutis et mes lèvres se fendillent. Ma mère me demande alors :

– De l'eau. Tu as besoin de boire.

Et elle glisse une paille dans ma bouche avant que je puisse répondre. J'en bois une gorgée, elle coule dans ma gorge et en soulage un peu l'irritation.

– Tiré dessus ?

---

7. Sigle du service des urgences.

– Chut, ma chérie. Ça va. Tu n'as pas à t'en faire pour l'instant. Nous sommes tellement heureux de voir ton beau regard. Je vais prévenir l'infirmière.

– J'ai besoin de savoir qui a fait du mal à ma petite fille pour attraper mon fusil et ma pelle et régler ça moi-même.

Les paroles bourrues de mon père me tirent de la ouate dans laquelle je baigne.

– Je ne sais pas, je murmure.

Et je referme les paupières.

Elles sont encore tellement lourdes.

– N'importe quoi. Un nom. Un endroit. La couleur de ses cheveux. J'irai les traquer.

– Chut, David. Arrête.

– Ne me dis pas d'arrêter, Ket. Quelqu'un a tiré sur ma petite fille.

Je garde les yeux fermés pendant que mes parents se disputent à voix basse.

Je me concentre sur ma respiration parce que rien d'autre n'a de sens.

Mes souvenirs sont tellement flous. C'est pire que le matin où je m'étais réveillée à Dublin.

Dublin.

Danse avec moi, Lachlan. Danse avec moi à Dublin.

– Où est-il ?

Ma question ressemble au croassement d'une grenouille dans un marais.

– Mais qui ? demande mon père. L'homme qui t'a fait ça ?

Je tente de secouer la tête, mais bouger me donne trop mal au cœur. Est-ce que c'est un bandage que j'ai autour ? J'essaie de lever un bras pour le toucher, mais il est si lourd. Non, il est attaché.

– Que s'est-il passé ?

Je repose la question et, en baissant les yeux, je me rends compte que mon bras est en écharpe.

– C'est ça qu'on te demande.

Les corps. Magnolia. Oh mon Dieu.

– Mag ?

– Est-ce qu'elle a quelque chose à voir avec ça ? (La voix de ma mère grimpe d'une octave.) Est-ce qu'elle est impliquée ?

La porte s'ouvre, m'évitant ainsi de répondre et plusieurs personnes entrent.

– Madame Kilgore, je suis si content de voir que vous êtes réveillée. Comment vous sentez-vous ? me demande une femme blonde, et je me crispe.

Blonde. Ma respiration s'accélère.

– Qui êtes-vous ? je demande dans un souffle.

– C'est le docteur, chérie. Elle est restée tout le temps avec toi. Et voilà Millie. Elle a attendu toute la nuit avec nous.

Je dévisage la femme blonde, j'hésite sur la réaction à adopter. Me battre ou fuir ? Dans le cas présent, j'opterais plutôt pour la fuite.

Est-ce que c'est elle ?

Les morceaux de ma mémoire sont toujours brouillés, je ne sais pas. Je serre les poings, mais je n'ai pas d'arme. Rien pour pouvoir m'en sortir.

C'est le docteur. C'est ce que dit ma mère, mais je ne peux faire confiance à personne. Plus maintenant. *Où est Lachlan ?*

Je regarde derrière la blonde en espérant découvrir son regard sombre fixé sur moi, mais tout ce que je vois, c'est une brune rondouillarde qui sourit.

– Je suis contente de voir que tu es réveillée, me dit Millie.

– Pouvez-vous nous dire comment vous vous sentez ? me demande à nouveau le docteur.

– Fatiguée. Endolorie.

Mes réponses restent brèves. Pas seulement parce que je ne lui fais pas confiance mais aussi parce que j'ai l'impression que mon cerveau est brisé.

– J'imagine. Vous avez eu une blessure par balle plus un traumatisme crânien. Pouvez-vous vous rappeler ce qui s'est passé ?

Je secoue la tête, ce qui n'est pas une bonne idée. Les vertiges augmentent et cela me rappelle la dernière fois que je me suis réveillée dans ce qui ressemblait à un hôpital.

– Je ne me souviens de rien, lui dis-je.

Je ne me donne pas la peine de prendre un ton convaincant. Ma voix se brise.

– Elle est amnésique ? s'écrie ma mère.

– Il est possible qu'elle ait quelques pertes de mémoire à cause de sa blessure à la tête.

Je veux dire à ma mère que je ne suis pas amnésique. Je n'arrive tout simplement pas à rassembler toutes les pièces qui flottent dans ma tête, parce qu'en l'absence de l'homme qui devrait être dans cette pièce, plus rien n'a de sens.

Ma main gauche se serre lentement contre ma poitrine et je baisse les yeux.

Ma bague a disparu. J'approche ma main droite de mon cou. *Mon collier aussi.*

Le docteur parle à mes parents, mais je n'écoute pas, une question terrifiante me taraude soudain.

Est-ce que j'ai tout inventé ? Est-ce pour cela qu'il n'est pas là ? Est-ce que Lachlan Mount est un produit de mon imagination ?

Non. Ce n'est pas possible. Il est réel. Ce que nous avons vécu est réel. N'est-ce pas ? *Ce n'est pas un fantôme. Il est réel. Pas vrai ?*

Mon regard fait le tour de la pièce, le sang cogne dans mes tempes.

– Qu'est-ce qui m'est arrivé ?

Tout le monde se tait.

– C'est ce que nous aimerions vraiment pouvoir comprendre, Keira, répond le docteur. Ne forcez pas. Reposez-vous. Certains souvenirs peuvent vous revenir si vous reposez votre cerveau.

– Vous êtes sûre ?

C'est encore ma mère qui pose la question, paniquée. Mais moi aussi, j'ai des questions à poser.

Le docteur marque un temps d'arrêt.

– Il est possible qu'elle ne se souvienne de rien. Il faut attendre pour le savoir.

– Attendre ? Quelqu'un a tiré sur ma petite fille !

– David ! aboie ma mère, et mon père se calme.

Puis tout le monde m'entoure, on vérifie ma tension, mon rythme cardiaque… et je laisse mes paupières se refermer.

***

Lorsque je me réveille à nouveau, ma mère est toujours là, mais mon père est parti. Je me sens moins nauséeuse, mais je suis encore complètement confuse, parce que l'homme que j'aimerais voir dans ma chambre n'est pas là.

Je ne peux pas demander où il est. Ma mère ne connaît pas l'existence de Lachlan Mount. Mais moi, si. Il est bien réel. Je le sais. Mais où est-il, alors ?

– Chérie, bois un peu d'eau.

Ma mère approche à nouveau la paille de mes lèvres et je bois.

– Ton père est complètement dingue.

– Je suis désolée.

– Chuttt. Ce n'est pas ta faute. Tu n'as pas demandé à ce qu'on te tire dessus. J'en suis bien certaine. Mais la police attend, ils ont plein de questions auxquelles nous n'avons pas les réponses, sauf…

– Quoi ? je demande, en la regardant dans les yeux.

– L'incendie de l'entrepôt. Ils ont trouvé ton assistante.

– Tempérance ! Elle va bien ?

Comment est-ce que j'ai bien pu l'oublier ?

– Chuttt. Ne t'énerve pas. Elle va bien. Elle a reçu un coup derrière la tête. Les pompiers l'ont découverte inconsciente à l'intérieur du bâtiment quand ils ont défoncé la porte.

– Oh mon Dieu !

Mon cœur bat à tout rompre en pensant à ce qui aurait pu lui arriver.

– Mais elle va bien ?

Des larmes me brûlent les yeux. Tout ça, c'est à cause de moi. Tempérance aurait pu mourir et ça aurait été de ma faute.

– Elle va bien. Elle a respiré de la fumée. Elle a eu de la chance qu'ils la trouvent à temps. Ils l'ont gardée une nuit en observation pour sa tête, mais ils l'ont laissée sortir le lendemain matin. Depuis, elle fait le pied de grue avec nous.

Le lendemain matin ? Combien de temps ai-je été dans les choux ?

– Quel jour sommes-nous ?

– Tu dors plus ou moins depuis deux jours, ma chérie.

– Deux jours ?

Maman acquiesce.

– Elle est restée à ton chevet avec ton père et moi. C'est une vraie amie.

Amie. Le mot ramène à la surface un autre bout de ma mémoire en morceaux

– Magnolia. Est-ce qu'elle… Est-ce qu'elle…

Je n'arrive pas à prononcer le dernier mot, mais je me rappelle sa peau douce et son pouls filant sous mes doigts. Le visage de ma mère se tend et ses lèvres se mettent à trembler.

– Elle est dans le coma, Keira. Ils ne savent pas si elle va s'en sortir.

Je ferme les yeux.

– Non. Non. Elle ne peut pas… nous… il faut que je lui parle. Elle ne peut…

– Chuttt. Ça va. Nous prions pour elle, nous aussi. Les médecins s'occupent d'elle. Je suis allée la voir. Je savais que tu voudrais que je le fasse.

Je ne peux admettre que les derniers mots que j'ai dits à ma meilleure amie aient été des paroles de colère, quoi qu'elle ait pu faire. Des émotions conflictuelles me font monter les larmes aux yeux. J'ai envie de supplier quelqu'un de me dire où est Lachlan, mais je ne peux pas.

Mon père rentre dans la chambre avec Tempérance derrière lui, suivie par deux policiers.

– Keira !

Tempérance dépasse mon père pour arriver jusqu'à moi la première.

– Oh, Dieu merci ! Tu es réveillée.

– Je suis vraiment désolée, lui dis-je.

– Pourquoi ? Ce n'est pas ta faute.

C'est là qu'elle se trompe. Même avec mon corps meurtri et mon esprit presque en miettes, je sais que c'est de ma faute, à 100 %. Rien ne serait arrivé à Tempérance sans moi.

– Madame Kilgore, s'il vous plaît, pensez-vous pouvoir répondre ? Nous avons quelques questions à vous poser.

– Pas tout de suite, Messieurs.

Une infirmière s'avance et se place devant moi, prête à me piquer, à me shooter, bref à faire ce qu'ils me font depuis deux jours.

– Vous devez la laisser se reposer.

– Avec tout le respect que je vous dois, Madame, nous avons besoin de réponses pour pouvoir poursuivre notre enquête.

Tempérance se retourne vers eux.

– Vous ne pensez pas que vous avez assez à faire pour chercher à comprendre, avec l'aide des pompiers, comment l'incendie a pris ? Parce que nous n'avons toujours aucune réponse concernant ce sinistre. Ou qui m'a frappé à la tête ? Vous pourriez peut-être chercher à le savoir.

– Madame, ce n'est pas notre faute si vos caméras de surveillance ont complètement disfonctionné.

– Quoi ? Comment ? je demande.

– Désolé, Madame, nous l'ignorons, dit le policier. C'est bien un incendie criminel, mais nous en cherchons encore le motif.

– Eh bien, vous avez intérêt à le découvrir, parce que, comme je vous l'ai déjà dit, nous n'y sommes pour rien.

Tempérance aboie comme un pitbull.

– Nous avons besoin de toutes les barriques que nous possédons pour honorer nos commandes. Donc, si vous pensez à une escroquerie à l'assurance, il faut que vous retourniez faire vos classes.

– Nous n'avons pas insinué…

– Bien sûr que non, dit mon père en l'interrompant. Parce qu'aucun employé des Kilgore ou de *Seven Sinners* ne permettrait qu'il arrive quelque chose à ce whiskey. C'est notre sang. Notre patrimoine. Notre héritage.

Mon père fait un signe d'approbation à Tempérance, comme s'ils étaient une équipe. La culpabilité me terrasse, parce que je sais que c'est moi la responsable de tout ça. Aucun d'eux ne s'en doute.

– Je suis désolée, papa…

Il se tourne vers moi.

– Ce n'est pas ta faute. Celui qui a fait ça va me le payer. Nous allons les faire payer.

Je cligne des yeux encore une fois, ils sont pleins de larmes. Le seul homme qui pourrait répondre à toutes ces questions a disparu. Est-ce que la blonde était derrière tout ça ? Je me souviens de quelques trucs qu'elle a dits. *Son destin.* Mais qui est-elle donc ?

– Monsieur Kilgore, Madame, nous n'essayons pas de sous-entendre que vous êtes responsables en quoi que ce soit. Nous cherchons simplement des réponses, comme vous.

– Je ne me souviens pas.

Tout le monde se tourne vers moi lorsque le mensonge jaillit de mes lèvres.

– Je ne me souviens de rien. Je suis désolée. J'aimerais pouvoir vous aider.

Mon estomac se noue. Mes anciennes loyautés entrent en conflit avec les nouvelles. Peu importe ce qui s'est passé et pourquoi ça s'est passé, le dire aux flics n'arrangerait rien. La justice est rendue autrement, dorénavant. Du moins, elle le sera s'il réapparaît un jour.

Je plisse les yeux alors que cette question me taraude à nouveau. *Où est-il ?*

– Je vous laisse ma carte, au cas où il vous reviendrait quelque chose en mémoire, dit le flic.

Je ne suis pas certaine de le comprendre.

Suis-je une mauvaise menteuse ? S'en est-il rendu compte ?

– Bien sûr, nous vous appellerons, mais en attendant, faites votre boulot !

La diatribe de mon père fait sortir les flics pendant que je tente de recoller les morceaux de ce qui m'est arrivé. J'ouvre les yeux, je fixe Tempérance. Il faut que je lui parle en tête à tête, mais je ne pense pas que ma mère va me laisser le faire.

– Est-ce que tu vas bien ?

Ma directrice adjointe hoche la tête.

– Ça va. Je suis costaude. Il faut plus qu'un coup sur le crâne pour se débarrasser de moi.

– Ton frère…

Elle plisse les yeux d'un air complice.

– Il cherche.

Est-ce que c'est ça que fait aussi Lachlan ? Est-ce que c'est pour ça qu'il n'est pas là ?

Tempérance jette un regard à ma main gauche, puis me regarde dans les yeux.

– Tu veux appeler quelqu'un d'autre ?

– Tu as mon téléphone ?

Un autre souvenir ressurgit. J'étais sur le point d'appeler Lachlan quand tout s'est obscurci.

– Non. Tu te rappelles quand tu l'as perdu ?

Le fait de ne pas avoir de téléphone ne m'a jamais paru aussi grave. Sans lui, je ne peux pas appeler mon mari. Je ne connais pas son numéro.

– L'entrepôt. Je l'avais là-bas, je lui réponds, gagnée par la panique.

– Personne n'a dit qu'il l'avait trouvé, mais je peux appeler qui tu veux.

Je me mords la lèvre.

– Je… j'apprécie ton offre. Mais j'ai vraiment besoin de mon téléphone.

Tempérance hoche la tête, l'air de très bien comprendre.

– Je vais demander aux pompiers. Peut-être qu'ils l'ont trouvé et gardé comme preuve, et qu'ils ont oublié de le dire.

– Merci.

– Qu'est-ce que je peux faire d'autre ?

– La laisser se reposer, dit mon père d'un ton bourru, maintenant qu'il a chassé les deux flics.

Apparemment le respect qu'il montrait à Tempérance s'est rapidement estompé.

– Papa, arrête. Tempérance est ma directrice adjointe. Elle est formidable. Sois gentil.

– Directrice adjointe ? Je croyais que c'était ton assistante.

– Arrête, dis-je d'une petite voix. Je ne peux pas supporter ça maintenant.

– David, j'ai besoin d'un café, lance ma mère.

– Mais je viens juste de te…

– Encore. Tout de suite.

Mon père grommelle et se dirige vers la porte.

Maman s'excuse.

– Désolée, ma chérie. Il est énervé.

Tempérance se penche et glisse ses doigts entre les miens.

– Tu veux que je reste ou tu préfères que j'aille tenir la baraque ?

– Tu devrais être chez toi en train de te reposer.

– Boss, tu me connais pourtant. En outre, j'ai juste reçu un coup sur la tête. Personne ne m'a troué le corps. Je vais bien.

– Non, je ne veux pas que tu travailles. C'est hors de question.

Elle sourit.

– C'est inutile. Je le ferai de toute façon. Si tu as besoin de quoi que ce soit, appelle-moi.

Lorsqu'elle lâche mes doigts, j'ai envie de la supplier de retrouver Lachlan et de me le ramener, mais je ne lui en ai jamais parlé clairement.

La seule parmi mes proches qui le connaisse, c'est Magnolia et elle est dans le coma, quelque part dans cet hôpital. À cause de cette salope de dingue blonde.

Qui est-elle ?

Est-ce pour ça qu'il est parti ? Est-ce qu'elle lui a fait du mal ? Cette pensée me terrifie. *Est-il mort ?*

Non, non, non.

Je refuse d'y croire.

Lachlan Mount est un surhomme. Rien, pas même une balle ne pourrait l'arrêter. Cela n'a pas marché jusque-là.

Mais alors, pourquoi n'est-il pas là ? Je suis tiraillée entre le désespoir et la colère. Je suis prête à vendre mon âme uniquement pour voir son visage et savoir qu'il va bien.

Il ne me laisserait pas tomber. *Il ne ferait pas ça.*

Je suis à nouveau fatiguée, mais je dois poser une question très importante à ma mère.

– Est-ce que j'ai eu d'autres visites, maman ?

Quand elle hoche la tête, mon cœur s'emballe.

– Qui ?

– Pratiquement tous les gens que nous connaissons dans cette ville sont passés. Ton père les a tous retenus dans l'entrée, mais ça a été un vrai défilé.

– Personne… personne que vous ne connaîtriez pas ?

Elle fronce les sourcils.

– Qu'est-ce que tu veux dire, ma chérie ?

J'ai tellement envie de lui demander, mais je ne peux pas. À la place, j'adopte la technique des trouillards, je ferme les yeux en faisant semblant de m'endormir alors que mon cœur saigne.

Où est-il ?

CHAPITRE 46

KEIRA

Danse avec moi, Lachlan.

Danse avec moi à Dublin.

Son visage, généralement si fermé, a changé ce soir. Il a changé ce soir. Quand il prend ma main et qu'il m'entraîne dans la foule des danseurs irlandais, un sourire transforme sa bouche, c'est la plus belle chose que j'aie jamais vue.

– Tu es beau, lui dis-je.

Je suis ivre et je m'en fiche.

– Les hommes ne sont pas beaux.

– Mensonges. Ce ne sont que des mensonges. Parce que tu l'es.

Il me fait tourner comme si nous connaissions parfaitement cette danse irlandaise, et il m'attire ensuite à lui.

– Nous serons donc d'accord sur le fait de ne pas l'être.

– Très bien. Mais j'ai tout de même raison.

Son sourire illumine toute la pièce. Je le jure, il pourrait éclairer un ciel noir d'encre. Il se penche, ses lèvres effleurent mon oreille.

– C'est faux, mais pourtant ça n'a pas de prix.

– Pfff. Nous connaissons tous deux mon prix. Tu l'as découvert.

La réponse m'échappe sans réfléchir, je n'ai plus de filtre à cause de l'alcool.

Il se recule pour me dévisager, toute trace d'humour a disparu de son visage.

– Ne dis pas ça. Parce que ce sont de vraies conneries. Je ne t'achète pas le moins du monde avec de l'argent.

– Mais…

– Mais rien. Quoi que tu puisses penser, je te promets que tu te trompes.

Je me dis que je vais avoir de sérieux ennuis puisque mon cœur bat sans que je puisse le contrôler lorsque l'homme qui me terrifiait se met à me contempler avec un regard tendre et admiratif.

– Attention, Lachlan, tu ne voudrais pas t'attacher à moi.

Ses lèvres s'arrêtent à un souffle des miennes.

– Trop tard.

***

J'émerge du sommeil en m'attendant à trouver un homme solide tout contre moi, mais il n'y est pas.

– Où est-il ?

– Madame Kilgore, est-ce que ça va ?

L'infirmière, qui tient ma courbe de température dans la main, la repose et s'avance.

Elle est blonde.

Immédiatement, je me crispe.

– Je… je suis…

J'hésite, parce que je n'ai pas la moindre idée de comment je me sens en ce moment. Mais certainement pas bien.

– Est-ce que la douleur augmente ?

– Ça va.

– On ne le dirait pas.

Elle s'approche de la perfusion, mais je ne lui fais pas confiance.

Je ne fais confiance à personne, sauf à Tempérance et à mes parents.

Où es-tu, bon sang, Lachlan ? J'ai besoin de toi.

– Maman ? Dis-lui que je vais bien. Je n'ai plus besoin de calmants. Je peux rester éveillée.

Ma voix me paraît faible, mais c'est la seule défense que je possède contre cette femme inconnue.

Maman se réveille en sursaut.

– Quoi ? Qu'est-ce qu'il y a ?

– Je vais juste revoir les doses de calmants et la descendre pour lui faire passer un test.

– Un test ? (Ma mère se redresse dans son fauteuil.) Quel genre de test ? Qu'est-ce qui ne va pas ?

L'infirmière regarde ma mère, et moi je cherche une arme. Au cas où. Le plateau du repas auquel je n'ai pas touché est encore sur la table, à côté de mon lit.

Alors que la blonde explique quelque chose à propos d'un test neurologique, j'attrape le couteau à beurre de ma main libre et je le glisse sous le drap. Ce n'est pas grand-chose, mais c'est mieux que rien.

Le métal me fait mal à la paume et je me rappelle avoir serré la pique à cheveux en argent que j'avais fait fabriquer pour Magnolia. Je voulais poignarder cette salope de blonde avec, si elle revenait. Je n'arrive pas à me rappeler son visage.

– Tout va bien, Madame Kilgore. Je vous promets que c'est une simple routine. Je la ramène très vite.

L'infirmière décroche ma perfusion de la perche installée à côté de mon lit et relâche le frein du lit.

– Je viens avec vous.

Ma mère se lève. Je me demande si son instinct lui dit la même chose que le mien. Si c'est vraiment cette salope, je ne veux pas que ma mère l'approche. Surtout si je dois la poignarder avec un couteau à beurre.

– Ça va aller. Inutile de te faire traverser tous ces couloirs pour attendre plus loin devant une porte.

Ma mère hésite encore. L'infirmière lui dit :

– Je vous jure. Elle va aller parfaitement bien.

Le ton gentil de l'infirmière ne me rassure pas. Je m'apprête à me battre. Et je me tais, je ne veux pas donner la moindre raison à ma mère de venir.

Quand elle finit par hocher la tête et se rasseoir, ses paupières se ferment presque immédiatement.

– Maman, je t'assure, ça va aller. Je reviens tout de suite. Tu devrais dormir un peu.

– Je t'aime, ma chérie.

– Je t'aime, maman.

Elle ronfle déjà lorsque l'infirmière me pousse hors de la chambre.

***

Les couloirs de l'hôpital sont calmes, ce qui me met encore plus à cran.

– Où allons-nous ?

– Faire une petite vérification rapide de votre crâne. Vous avez été durement touchée.

Je bien envie de lui demander si c'est elle qui l'a fait, mais je perdrais l'élément de surprise si c'est vraiment le cas. Plus nous nous éloignons de ma mère et de ma chambre, plus ma paranoïa augmente. Bientôt, je n'en peux plus. Avec le couteau à beurre dans la main, je tourne la tête en ignorant la douleur qui irradie.

– Qui êtes-vous et où diable m'emmenez-vous ?

Elle s'avance pour appuyer sur un disque argenté qui actionne les portes à double battant qui s'ouvrent en grand.

– Inutile de paniquer, Keira, je vous le promets, tout ira bien.

Elle me pousse à travers une porte ouverte, de l'autre côté il n'y a rien d'autre que l'obscurité.

– Si vous essayez de me toucher, je vous jure que…

Elle lève une main dans un geste de défense.

– Pas besoin de me menacer. Je ne vais pas vous faire de mal. Je n'ai aucune envie de mourir. Je vous accorde quelques minutes, à tous les deux.

Elle me pousse dans la pièce sombre et recule.

Tous les deux ?

Mes yeux s'acclimatent à l'obscurité pendant que ses chaussures couinent sur le carrelage en sortant, puis je discerne un visage dans l'ombre.

CHAPITRE 47

MOUNT

Un objet métallique rebondit sur le carrelage et Keira éclate en sanglots.

Bon Dieu, ses pleurs me tuent.

– Où étais-tu ? demande-t-elle en sanglotant pendant que je tombe à genoux devant son brancard.

Des torrents de larmes coulent le long de ses joues, si vite que je n'arrive pas à les essuyer.

Elle écarte son visage en haletant.

Depuis des jours, je désespérais de la voir un peu plus que quelques secondes par-ci, par-là, quand on l'emmenait faire des examens, et qu'ensuite je la perdais de vue lorsqu'on la ramenait à sa chambre. J'ai maudit cet hôpital de ne pas avoir de caméras de surveillance ailleurs que dans les couloirs.

– Je t'ai surveillée. Je t'ai protégée. Je te le jure.

– Mais où diable étais-tu ?

En entendant sa détresse, je suis assailli par la culpabilité. J'ai fini par entraîner cette femme fière et forte jusqu'à son point de rupture. C'est horrible, tout ceci est de ma faute.

– Je ne pouvais pas être là. Ta mère et ton père sont arrivés avant que tu sortes de salle d'opération, alors j'ai dû m'en aller. J'ai dû faire comme si ça ne me détruisait pas complètement de ne pas savoir si tu allais t'en sortir.

– Mais…

– Quand ils ont appelé ta famille, je n'ai plus pu venir. Je ne pouvais pas expliquer qui j'étais, à personne. Qui je suis pour toi. Que moi aussi, je fais partie de ta famille.

Revivre ces moments de désespoir me vrille à nouveau le ventre.

– Alors, tu m'as laissée ? Toute seule ? Pendant des jours entiers ? À me demander si cette sale pute blonde t'avait tué, toi aussi ?

Je sais pertinemment de quelle pute blonde elle parle.

– Tu n'étais pas seule. Pas une seule seconde, Keira. Si ça avait été le cas, je serais venu.

– Comment se fait-il que toi, Lachlan Mount, avec tout ton pouvoir quasi illimité, tu ne puisses pas me faire un signe pour me dire que tu vas bien ?

Je cligne des yeux et je finis par comprendre pourquoi elle est tellement en colère. Elle aussi a passé tout ce temps à s'inquiéter pour moi.

– Je ne savais pas que tu avais besoin de recevoir un signe.

– Je suis devenue dingue, à me demander si tu étais toujours en vie ! J'ai cru devenir folle. Je ne savais plus si tout cela était réel ou pas…

– Keira…

Ses larmes coulent de plus en plus fort.

– Plus rien n'a de sens à présent. Je ne comprends pas ce qui s'est passé. Tu dois m'expliquer. Qui c'était ? Et Mag… Elle a essayé de la tuer, elle aussi. Toutes ces femmes…

Je la coupe en posant un doigt sur ses lèvres. Bien que je meure d'envie de tout lui raconter, je ne peux pas le faire.

– Je t'en prie, pas ici. Pas maintenant, Keira, pas tout de suite.

– Quand ? J'ai besoin de savoir.

Je l'attrape par le menton en tentant encore une fois de sécher ses larmes avec mes doigts.

– Ne pleure plus, sauvageonne. La seule chose à laquelle tu dois penser, c'est guérir. Laisse-les prendre soin de toi.

– Non ! J'ai besoin de réponses, et j'ai besoin de mon putain de mari.

– Keira. Je ne peux…

– Ne me dis pas que c'est impossible, Lachlan. Parce que je ne te croirai pas.

Elle est tellement convaincue, j'aimerais tant que ce soit vrai. Je ne mérite pas ce genre de confiance, de personne. Surtout pas maintenant.

– C'est là que tu te trompes. Si je pouvais tout, je remonterais le temps et j'effacerais tout ça.

CHAPITRE 48

KEIRA

Ses paroles me heurtent plus violemment que la balle qui a frappé mon épaule, et mon ventre se noue.

– Tout ? Tu…

Je cligne des yeux, incapable d'y voir clair à travers mes larmes.

Son visage se crispe d'une douleur qui fait écho à la mienne lorsque l'infirmière revient.

– Vous voulez que je sorte ? demande-t-elle, rompant ainsi le silence tendu qui a envahi la pièce.

– Non. Ramenez-la, dit Lachlan. Je suis sûr que sa famille s'inquiète dès qu'elle n'est plus là.

J'ouvre la bouche pour dire quelque chose. *N'importe quoi.* Mais ce n'est plus Lachlan, c'est Mount qui me fait face.

Je referme la bouche, et puis je pense « *eh merde* ». Si c'est la dernière fois que je le vois, je vais lui dire exactement ce que je ressens.

– Je n'ai pas terminé. Nous n'en avons pas terminé.

Il croise mon regard.

– Désolé, c'est moi qui décide quand nous avons terminé.

J'ouvre la bouche, devant ces paroles tellement semblables à celles qu'il a prononcées cette nuit-là, dans la salle à manger, la première nuit où j'ai laissé des griffures dans son dos.

Je tourne la tête et je regarde l'infirmière pardessus mon épaule. Mon corps se tétanise pour combattre la douleur, malgré les calmants.

– Sortez.

– Madame Kilgore…

– Foutez. Moi. Le. Camp.

L'infirmière sort, et la porte se referme une fois encore. Je me tourne vers mon mari.

– Ce n'est pas fini entre nous. Tu m'entends ? J'ai prononcé des vœux, et je pensais chaque mot que j'ai dit.

Son visage passe du masque de dureté à la confusion extrême.

– Est-ce que par hasard tu insinues que, moi, je ne le pensais pas ?

– Tu veux tout effacer ? Tout arrêter ?

Il passe une main dans ses cheveux en me dévisageant d'un air totalement détruit.

– Bon Dieu, Keira. Ce n'est pas ce que je voulais dire, mais merde, j'aurais dû. Si j'avais le moindre soupçon de décence, j'annulerais tout, depuis la première fois où je t'ai touchée.

On dirait qu'il peine à prononcer ces mots.

– Mais même si j'en avais le pouvoir, je ne le ferais pas. Pas un seul instant. Si pour cela je suis le pire enfoiré d'égoïste qui soit, eh bien, c'est ainsi.

– Mais alors, qu'est-ce que tu voulais dire, bon sang ?

Mes larmes coulent plus fort. En partie parce que plus rien n'a de sens à présent, mais surtout parce que je ne supporte pas de le voir torturé.

– Que je remonterais le temps pour t'éviter la moindre souffrance. Pour nous ramener à l'instant où nous mangions du gâteau en dansant. Avant que tu sois quasiment morte à cause de moi.

La culpabilité s'insinue dans chacune de ses paroles, et je déteste ça. Ce n'est pas sa faute. Je refuse de le laisser endosser ce fardeau.

– Tu n'as pas appuyé sur la gâchette. C'est elle qui l'a fait.

– Mais j'aurais dû l'empêcher. J'aurais dû savoir.

Je me penche pour attraper son bras, pour lui donner de la force, désireuse de prendre sa peine, comme lui est prêt à prendre la mienne.

– Je sais bien que tu es un surhomme, mais même toi, tu ne peux pas tout savoir.

Les muscles de sa mâchoire se crispent.

– J'avais dit que je te mettrais en sécurité, et je ne l'ai pas fait. Je vais devoir vivre avec ça le restant de ma vie.

Je dépose un baiser sur la paume de sa main.

– Puisque nous allons vivre ensemble pour le restant de ta vie, nous devrons supporter cela ensemble.

– Keira…

Il prononce mon nom comme une prière.

– J'ai juste besoin de savoir une chose.

– Quoi ? demande-t-il en enserrant mon visage comme s'il n'allait plus jamais le lâcher.

– Est-ce que je suis en sécurité à présent ?

Il hoche la tête.

– Oui. Complètement. J'ai pris soin de tout.

J'ai envie de lui poser une douzaine d'autres questions, mais comme il l'a dit, ce n'est pas le moment. Du coup, je saute directement à la plus importante de toutes.

– Et que se passera-t-il lorsqu'ils vont me laisser sortir d'ici ?

Lachlan plisse les paupières, son regard se fait plus intense.

– Tu rentres à la maison avec moi. Là où est ta place.

CHAPITRE 49

KEIRA

Mes papiers de sortie ont été signés. Après sept jours d'hôpital, je devrais me précipiter dehors, mais ce n'est pas le cas.

– Chérie, tu es sûre ?

Maman me serre l'épaule lorsque mon fauteuil roulant s'arrête à la porte d'une chambre privée. Une chambre privée dont je suis prête à parier que la note a été réglée par mon mari.

– Je sais que tu n'as jamais aimé Mag, mais…

– Ce n'est pas que je ne l'aimais pas, ma chérie. C'était surtout que je ne voulais pas courir le risque que tu t'écartes du droit chemin.

Je déglutis en entendant ça. *Comment pourrai-je jamais dire à ma mère que je suis allée au bout d'un chemin bien plus dangereux que celui qu'a emprunté Magnolia ?* Je suis la reine d'un empire du péché, et j'ai prévu de rester aux côtés de son roi pour le restant de mes jours.

Je ne peux surtout pas lui dire que Magnolia est totalement responsable pour m'avoir mis dans cette position et que, pourtant, je ne voudrais être nulle part ailleurs. Avec la main qui n'est pas immobilisée par une écharpe, j'attrape la sienne en la regardant dans les yeux.

– Je t'aime, maman. Merci pour tout.

– Moi aussi je t'aime, ma chérie.

– À présent, j'ai besoin d'être en tête à tête avec Magnolia pendant quelques minutes. Je… j'ai des choses à lui dire et je veux être seule avec elle.

Elle relâche mon épaule et recule un peu.

– Ok. Je t'attends dehors, ton père est en train de remplir les derniers papiers.

La dame de service me fait entrer et installe mon fauteuil à côté du lit de Magnolia, puis sort en refermant la porte derrière elle.

La chevelure noire de Magnolia est emprisonnée dans des bandages qui recouvrent son crâne. Personne n'a rien pu me dire sur son état, à part qu'elle était sous monitoring et qu'elle recevait les meilleurs soins possible. Elle n'a pas repris conscience, ils ignorent si elle le fera un jour.

Je tends ma main libre et j'attrape la sienne, toute molle.

– Magnolia Marie Maison, c'est tout toi. (Je retiens mes larmes.) Tu fais tout un cirque pour attirer l'attention et nous laisser tous dans l'attente, à nous demander ce qui se passe.

La seule réponse qu'obtient mon humour à deux balles, c'est le bip des moniteurs. Je serre ses doigts.

– Mag, je t'en prie. Il faut que tu te réveilles. Tu es une battante. Tu es la femme la plus forte que je connaisse et tu ne vas pas te laisser dominer comme ça. Tu m'entends ? Je refuse que tu abandonnes.

Le bip du moniteur reste stable, rien n'indique qu'elle m'entende. Mais je sais que certaines recherches sur les gens dans le coma ont montré qu'ils peuvent entendre ce qu'on dit autour d'eux, alors qu'ils sont inconscients. J'espère comme une folle que ma meilleure amie peut m'entendre, parce que si je ne m'accroche pas à cette idée, je vais finir en sanglots à son chevet.

Cela risque de toute façon de se produire. Je pose la main de Magnolia contre ma joue.

– Écoute-moi, ma poulette. Tu ne vas pas quitter ce monde comme ça. Tu vas te battre et hurler quand il faudra t'arracher à cette terre. Tu m'entends ? C'est comme ça que tu es. Tu n'as pas intérêt à me laisser tomber. Il faut que tu te réveilles. J'ai des trucs à te dire, et j'ai besoin que tu puisses les entendre.

Le silence qui me répond déclenche chez moi un torrent de larmes.

– Je sais que tu as fait ce que tu croyais être le mieux pour moi. Que tu fais toujours ce que tu penses être le mieux pour moi. Je me fiche de tes autres motifs, parce que tu m'as fait un cadeau que je ne pourrai jamais te rendre. J'aurais dû te remercier pour ça quand j'en avais l'occasion.

Son pouls bat dans son poignet et sa poitrine monte et descend, mais c'est tout.

– Mag, comment vas-tu faire pour me dire *je te l'avais bien dit*, si tu ne te réveilles pas, pour que je te remercie une fois que tu seras consciente ?

Je baisse la tête, mes larmes roulent dans sa main.

– Je te pardonne. Je t'aime. S'il te plaît, reviens-moi. Le monde sera bien plus sombre sans toi. Mon monde sera plus sombre, et je sais que tu ne veux pas ça.

J'attends un long moment en silence, mais elle ne se réveille toujours pas.

Qu'est-ce que je croyais ? Que ce serait comme dans *La belle au bois dormant* et que, je ne sais comment, mon pardon réveillerait mon amie comme le baiser du prince charmant ?

Manifestement pas.

– Je t'aime, Mag.

Je dépose un baiser dans la paume de sa main.

– Reviens vers nous. Je te promets que tu bénéficieras de tous ces fichus avantages qui sont dus à la sœur de la reine.

***

Pendant que nous regagnons la sortie, maman me raconte quel endroit génial ils ont loué, papa et elle, pour les semaines à venir, et combien je vais l'adorer. Leur voiture de location tourne au ralenti au bord du trottoir. Papa en sort dès qu'il nous voit et atteint le trottoir lorsqu'une autre voiture s'arrête derrière lui. C'est une Maybach Mercedes noire, aux vitres teintées. Je n'ai pas besoin de voir qui est à l'intérieur pour savoir qui la conduit.

– Tu seras plus à ton aise sur la banquette arrière, ma chérie ?

Maman n'arrête pas de parler, elle discute avec mon père sans attendre ma réponse. Ce qui tombe bien, parce que toute mon attention se porte sur la voiture noire. La portière du conducteur s'ouvre et V en sort. Il observe mes parents qui ne s'en rendent absolument pas compte. Puis il me regarde, je hoche la tête, nous nous comprenons sans un mot.

Oui, je suis prête à rentrer chez moi. Emmène-moi jusqu'à lui.

V me retourne mon signe d'approbation et s'avance vers moi. Lorsque je me lève en titubant de mon fauteuil roulant, V est déjà à mes côtés. Maman se retourne, papa et elle réalisent enfin que quelqu'un d'autre est arrivé.

– Ma chérie, qu'est-ce que tu fais ? Qui est cet homme ?

V me mène à la portière arrière et l'ouvre, mais avant que j'aie pu entrer, papa se rue sur nous. S'il avait un revolver, je suis certaine qu'il serait en train de tirer dans la tête de V.

– Je ne sais pas ce que tu veux faire, mais ôte tes sales pattes de ma fille !

– Chérie ? Qu'est-ce qui se passe ? Tu as besoin que j'appelle la sécurité ?

La peur de ma mère résonne dans sa voix, aussi fort que la menace dans celle de mon père. Je ne peux pas leur en vouloir. On les a appelés au milieu de la nuit et ils m'ont découverte quasiment morte.

Et pourtant, je ne peux toujours pas leur dire la vérité.

– Maman, papa, c'est mon chauffeur. Je vous promets qu'il ne laissera rien m'arriver. Il me mettra en sécurité, bien plus que vous ne pouvez l'imaginer.

Mon père plisse les paupières.

– Et où diable était-il lorsque tu as reçu cette balle, s'il sait si bien te protéger ?

Mon instinct me pousse à supplier mon père de ne pas discuter avec moi pour l'instant, mais à la place, je me redresse autant que me le permettent mes blessures en voie de cicatrisation, et je lui fais face.

– Il y a des choses que je ne peux pas t'expliquer pour l'instant, papa, mais je le ferai dès que je pourrai.

– Je n'aime pas ça. Je n'aime pas ça du tout.

Les doigts de ma mère se tordent devant elle.

– Chérie, je t'en prie, viens avec nous. Ne monte pas dans cette voiture.

Soudain, V s'éclaircit la voix.

– Je la protégerai de ma vie. Je le jure.

Sa voix grave semble comme rouillée de ne pas avoir servi.

Moi, je flippe en silence.

Tu parles, V ? Tu te fiches de moi ?

Affolée, je hausse les sourcils, mais je fais tout pour retenir les questions qui se bousculent derrière mes lèvres.

– Qui êtes-vous ? Pour qui travaillez-vous ? Est-ce que je vous ai déjà vu ?

Mon père serre les dents et les poings.

V se tait de nouveau. Étrange impression. C'est comme si j'avais vu un léopard albinos en pleine nature. Ça n'arrive qu'une fois dans une vie.

Je croise alors les regards paniqués de mes parents.

– Papa, laisse tomber. Maman, je vous aime tous les deux. Je vous promets que je vais bien. Je serai en sécurité. Je vous appellerai très bientôt.

– Keira…

Mon père prononce mon nom avec dureté. Tout de suite, je l'interromps avant qu'il puisse se lancer dans une de ses tirades ou de ses réprimandes.

– Nous nous verrons demain à la distillerie, papa. J'aimerais vraiment avoir ton avis pour étudier les prochaines étapes.

Seven Sinners est sur le point de grimper l'échelon suivant et je refuse de faire marche arrière.

– Demain matin ? Tu le jures ?

– Oui. Je serai là. Peut-être que tu devrais emmener maman dîner dehors ce soir. Une vraie écrevisse à l'étouffée, ça doit terriblement lui manquer.

Le regard de mon père passe de V à moi.

– Tu devras m'expliquer rapidement.

Je souris, je me sens ridiculement royale, malgré mon bras en écharpe.

– Je le ferai lorsque je serai prête. On se voit demain.

V m'aide à grimper dans la Maybach. Je suis bien contente que l'intérieur soit aussi confortable. Mes parents restent devant leur voiture sans faire un geste pendant que V s'installe sur le siège conducteur et démarre.

– Alors, quand allais-tu me dire qu'en fait, tu pouvais parler ? Ne crois pas que je vais laisser tomber.

Il me regarde dans le rétroviseur en grognant. J'éclate de rire, c'est le premier son joyeux qui passe mes lèvres depuis plus d'une semaine.

Je rentre chez moi.

CHAPITRE 50

MOUNT

Je devrais prendre le nom de Keira, parce que la seule chose que je suis capable de faire depuis dix minutes, c'est les cent pas, dans notre suite. J'ai essayé de travailler, mais je suis incapable de me concentrer en sachant qu'elle est en route pour la maison.

La maison. Je n'ai jamais appelé ces pièces ainsi, mais depuis qu'elle y habite, tout est devenu différent.

Le verrou de la porte d'entrée s'ouvre et elle entre. Ses cheveux roux sont attachés en un chignon désordonné au-dessus de sa tête, des boucles dégringolent autour de son visage. V, derrière elle, me fait un signe de tête et ferme la porte dès qu'elle est à l'intérieur.

Ma femme

Ma maîtresse.

Mon amour.

– Il parle ! s'exclame-t-elle.

Je la regarde d'un air surpris. Je ne m'attendais pas à ce qu'elle dise ça en premier.

– Quoi ?

– V ! Il a parlé à mes parents ! Mon père était sur le point d'appeler la sécurité, mais V… il a parlé !

Un sourire s'étale sur mes lèvres, quelque chose qu'elle seule peut provoquer en ce moment.

– Il a toujours été capable de parler, sauvageonne. Il préfère juste se taire.

Elle pose son index contre sa tempe et le retire dans un grand geste large.

– Il est dingo.

Un éclat de rire se forme dans ma poitrine et éclate dans la pièce.

Seule cette femme peut…

Je traverse la pièce et la prends dans mes bras le plus délicatement possible.

– C'est fou ce que tu m'as manqué.

– Tant mieux, parce que ce n'était pas une partie de plaisir pour moi non plus, sans toi. Une rencontre clandestine dans les sous-sols de l'hôpital, ça ne suffisait pas vraiment pas. Ne recommençons plus, d'accord ?

Je pose mon menton sur ses cheveux.

– Promis.

Elle recule sa tête de ma poitrine et lève les yeux vers moi.

– Tu veux bien m'embrasser ? S'il te plaît ?

– Tu es encore en convalescence…

Ses yeux verts sondent les miens. Tout l'humour qui a accompagné son entrée dans cette pièce a disparu.

– Je sais. Mais quand je me suis réveillée dans ce lit d'hôpital sans toi, sans ma bague et mon collier, j'ai pensé pendant un instant que… avec mon cerveau en bouillie… j'ai pensé que peut-être rien de tout cela n'était…

Sa voix se brise.

– Sauvageonne, arrête.

Keira secoue la tête.

– Non, ça doit sortir. C'est important.

Je pose ma main sur sa joue et j'essuie la larme qui apparaît entre ses cils.

– Alors, dis-le-moi.

– J'ai même pensé qu'il y avait une chance pour que j'aie inventé tout ça et que tu n'existes pas… J'ai été dévastée. Jamais plus je ne veux ressentir ça. Jamais.

Mon bras se resserre autour d'elle.

– C'est la réalité pure. Toi et moi. On est liés pour la vie.

– Promis ?

Je la relâche et je plonge la main dans ma poche. Je sors la bague que j'avais récupérée dans ses effets personnels.

– Cette bague ne quittera plus jamais ton doigt, je dis en la remettant à sa place.

Ses yeux s'illuminent à sa vue avant de croiser mon regard et de se durcir.

– Ils devront l'arracher de ma main morte et toute froide.

– Ne dis pas cela. J'ai failli m'écrouler dans cette salle d'attente d'hôpital en pensant que je t'avais perdue. Et je ne veux plus jamais avoir à ressentir ça.

Elle déglutit en retenant les larmes qui font briller ses yeux verts, et elle se penche vers moi.

– Embrasse-moi, et c'est promis.

Ce souvenir douloureux s'évanouit lorsque ses lèvres touchent les miennes.

CHAPITRE 51

KEIRA

– Il ne peut pas m'interdire de travailler. J'ai promis à mon père que j'y serais ce matin. Tu l'as entendu. Si tu crois un instant que mon père n'appellera pas les flics si je ne me pointe pas, tu es cinglé.

V grogne, ses doigts survolent son écran de téléphone, il est reparti en mode muet. Mon téléphone m'annonce un texto, ce qui est une façon pas très pratique de discuter.

V : Le patron a dit que vous restiez ici.

– Alors, il va falloir qu'il vienne me le dire en face. Sinon, je sors par cette satanée porte et j'appelle un taxi. Tu penses vraiment qu'il va apprécier ?

Les sourcils de V n'arrêtent pas de bouger pendant qu'il m'envoie un nouveau texto.

V : Il est occupé. Au téléphone. Il faut attendre.

– À quel moment, depuis tout le temps que nous nous connaissons, ai-je pu te laisser croire que j'étais d'accord pour attendre ? Je vais me mettre à hurler si c'est ce qu'il faut faire. On n'a pas besoin que les flics rappliquent, tu le sais encore mieux que moi.

V se remet à grogner, j'enfonce mon doigt dans sa large poitrine.

– Emmène-moi à lui maintenant, ou nous allons avoir un problème grave à côté duquel ma colère, c'est de la bibine.

Un autre grognement.

– Maintenant.

J'ai haussé le ton. Tout ce truc de lancer des ordres me vient très naturellement. V se tourne en me foudroyant du regard et me désigne la porte d'un mouvement de tête. Je connais suffisamment son langage corporel pour comprendre que ça signifie « suivez-moi ».

– Tu vois ? Ça n'est pas plus facile quand tu te contentes de m'obéir ?

V ne se donne pas la peine de répondre, ce qui m'arrange parce que ce qui m'importe, c'est de rejoindre Lachlan le plus vite possible. De préférence avant que mon père ait envoyé toute la police ratisser la ville à ma recherche et à celle d'une Maybach noire.

Quand la bibliothèque se met à coulisser, V me laisse passer la première, mais ne me suit pas. Lachlan est assis à son bureau et discute au téléphone avec quelqu'un. Il se lève dès qu'il me voit. Il me demande clairement du regard : « *Qu'est-ce que tu fais ?* »

Je lui réponds tranquillement :

– Je dois aller travailler avant que mon père appelle les flics.

Il lève un doigt et se dirige vers le passage ouvert où se tient V. J'attends, sans grande patience, pendant qu'il continue de parler à quelqu'un. Je n'écoute pas. Je sais déjà qu'il y a beaucoup de choses que je n'ai pas besoin de connaître sur les affaires de mon mari. Lorsque j'atteins le bord de son bureau, je me retourne, prête à partir dans la direction opposée, mais quelque chose sur le moniteur attire mon regard.

Je pousse un hurlement en avançant vers lui et je me cogne la hanche sur l'angle du bureau. Je sens à peine la douleur, car le moniteur me montre une femme blonde ficelée à son lit d'hôpital, que je reconnais. C'est celui où j'ai séjourné après l'accident de voiture.

Une femme blonde. La femme qui m'a tiré dessus et m'a enfermée dans un mausolée rempli de cadavres. Et qui a presque tué ma meilleure amie.

– C'est quoi, ce bordel ? C'est quoi, ce bordel ?

Lachlan se tourne vers moi. Il devient livide et raccroche son téléphone sans un mot.

– Keira…

Il avance dans ma direction, mais je le repousse de la main que je tends en direction du moniteur.

– Tu dois m'expliquer ça tout de suite. Parce que cela n'a aucun sens.

– Keira…

Il répète mon nom, mais je ne l'entends même pas, tellement mes oreilles bourdonnent.

– Tu m'as dit que tu t'en étais occupé. Et quand tu m'as dit que tu l'avais fait, je t'ai cru ! Tu sais pourquoi ? Parce que chaque fois que tu dis cela, ça veut dire que *tu t'en es occupé, putain !*

– Veux-tu te calmer…

– Tu oses me dire de me calmer ! Mon mari est là-dessous lui aussi ? Combien de gens avez-vous enfermés dans cette cave ?

Son expression, déjà froide, devient glaciale.

– Il est au fond de ce putain de bayou, pas dans cette foutue cave.

Je fais un grand geste vers l'écran.

– Alors, qu'est-ce qu'elle fait là, bordel ? Elle a essayé de me tuer ! C'est à cause d'elle que ma meilleure amie est dans le coma ! Et qu'en est-il de toutes les autres femmes dans cette tombe ? Pourquoi est-elle toujours en vie ?

L'angoisse décompose les traits de Lachlan.

– Parce que je n'ai pas réussi à la flinguer, d'accord ? Je n'ai pas pu appuyer sur la gâchette.

J'agrippe le bord du bureau. J'ai la respiration coupée en tentant de comprendre ce qui se passe ici. Clairement, j'ai raté un truc énorme.

– Dis-moi pourquoi, Lachlan. Il faut que tu me dises pourquoi.

Je pèse chaque mot, comme si ma santé mentale en dépendait, ce qui est peut-être la vérité.

Mon mari – je commence à douter de le connaître – se passe les deux mains sur le visage.

– C'est compliqué.

– Alors, je te suggère de débrouiller ça dès maintenant. Je commence à me demander si je sais qui tu es véritablement, et je n'aime pas vraiment ça.

Les doigts pressés sur ses tempes, Lachlan ferme les paupières, avant de les rouvrir pour me regarder.

– Mon passé est moche.

– Et je t'ai épousé en sachant parfaitement qui, et ce que tu es, du moins je le croyais.

Je pointe la femme sur le moniteur.

– Elle m'a tiré dessus. Elle m'a dit que c'était elle ta destinée. Elle a dit que tu étais censé l'aimer, elle. Je pense que je mérite une explication.

Le visage de Lachlan se métamorphose en ce masque impénétrable que je ne connais que trop bien.

– Alors, tu ferais mieux de t'asseoir, parce que ce n'est pas une histoire courte. C'est l'histoire de ma foutue vie.

Je m'écroule dans le fauteuil de bureau, mes blessures se réveillent à cause de ce mouvement soudain et je regarde l'image de la femme inconsciente attachée à son lit d'hôpital, puis mon mari.

– Tu peux commencer quand tu veux. Maintenant, de préférence.

CHAPITRE 52

LACHLAN

Treize ans plus tôt

C'était le jour de la remise des prix. Bien entendu, c'était la première à laquelle j'assistais, parce que je n'avais jamais mis les pieds à la fac. Voir Destiny traverser la scène et recevoir son diplôme du MIT m'emplit d'une immense joie. Après la cérémonie, j'ai attendu dehors au milieu de la foule des familles qui se congratulaient et fêtaient l'événement. Je ne m'étais jamais senti si peu à ma place de ma vie, malgré la somme énorme qu'avait coûté mon costume.

Quand Destiny a traversé la foule, elle n'a parlé à personne. Elle avait les yeux rivés sur moi et elle m'a sauté dans les bras. D'instinct, je l'ai attrapée.

– Tu as vu ! J'ai réussi !

– Je n'en ai jamais douté une seconde.

Destiny avait toujours été brillante.

– J'aurais aimé… que Hope soit là pour voir ça.

La culpabilité m'a piqué au vif, plus violemment que le cran d'arrêt que je porte dans ma poche. Je ne savais toujours pas si c'était moi le responsable ou si elle était déjà morte quand je suis entré. Je n'aurais jamais la possibilité de me débarrasser de cette culpabilité.

Je me suis forcé à sourire en regardant Destiny.

– Je suis sûr qu'elle te regarde de là-haut.

Un sourire a tremblé sur ses lèvres.

– Tu crois ?

– Bien sûr.

– Je pense que tu as raison.

Pour changer de sujet, je lui ai demandé :

– Tu es prête ?

– Oui. Mon appartement est vide.

Je me suis tourné, mais ses paroles m'ont stoppé d'un seul coup.

– Je voulais dire pour aller dîner. Pas pour déménager. Tu ne rentres pas à La Nouvelle-Orléans. Il n'y a rien pour toi là-bas.

Destiny, la fille de cinq ans dont je me souviens quand je dormais sur le pas de sa porte, a croisé les bras d'un air obstiné.

– Je rentre. Je ne me suis pas cassé le cul à apprendre tout ça pour bosser pour quelqu'un d'autre.

– Mais de quoi parles-tu, bon sang ?

– Je viens bosser avec toi.

Son ton était inflexible, mais pas aussi inflexible que le mien.

– Tu parles ! Pas même en rêve. Tu ne durerais pas une journée dans mon monde, Dési. À l'avenir, il faut que tu restes le plus loin possible de moi et de La Nouvelle-Orléans.

Je me suis dirigé vers la voiture de location. Ses talons aiguilles résonnaient sur le trottoir derrière moi pendant qu'elle se hâtait pour me suivre. J'ai déverrouillé les portières au moment où elle est arrivée à la hauteur du siège passager.

– Combat au corps-à-corps. Entraînement de tireur d'élite. Reconnaissance des micro-expressions. Conduite tactique.

– Qu'est-ce que ça veut dire, tout ça, bon sang ?

– J'ai passé ces quatre années à apprendre tout ce que je pouvais en cours et en dehors des cours, dans le but de devenir un atout pour ton organisation. Un atout pour toi. Tu ne t'es jamais demandé pourquoi j'avais besoin de tout ce fric en plus pour mes cours ? C'était pour ça. Si tu crois que tu vas pouvoir m'expédier n'importe où et que je vais y rester, c'est que tu me connais mal.

– Destiny…

– Non. Je suis J à présent. Ce n'est pas comme ça que ça marche ? La première lettre de mon nom de famille. Tu as passé presque vingt ans à me protéger, à présent c'est mon tour. Je vais faire mes preuves. Je ne suis plus une môme, Mount. Je suis un atout. Sers-toi de moi.

– Ce n'est pas pour ça que je t'ai envoyée ici. Tu as droit à une vie normale.

L'expression de Destiny s'est transformée en une fausse gaieté.

– Vraiment ? Parce que je ne suis pas sortie de la même merde que toi, peut-être ? Tu penses que je vais me transformer en parfaite petite femme d'intérieur et que je vais pondre quelques enfants pour un petit cadre de classe moyenne qui baise probablement avec sa secrétaire ? C'est ça que tu veux pour moi ?

– Je le tuerais.

Elle arbore un sourire triomphant.

– Exactement. Et si quelqu'un te double, moi je le tuerai. C'est à mon tour de te rembourser pour tout ce que tu as fait pour moi depuis toujours. Je te prouverai que je suis assez forte. Que je suis assez bonne. C'est comme ça que ça a toujours été censé être, Mount. Toi et moi, contre le reste du monde.

J'ai ouvert la portière et je me suis installé. J'ai introduit la clé de contact pendant qu'elle s'asseyait sur le siège passager. Quand j'ai fait démarrer la voiture, j'aurais aimé pouvoir dire que je n'avais pas compris de quoi elle parlait et où elle voulait en venir, mais j'avais compris. Je savais ce que c'était de vouloir prouver sa valeur. De prouver que vous faites partie de quelque chose.

– Ne me le fais pas regretter, J.

En passant la marche arrière, je lui ai lancé un regard pénétrant.

– Je te couvrirai, patron. Tu vas voir.

CHAPITRE 53

KEIRA

Aujourd'hui

À entendre tout ce qu'il me raconte à propos de Hope et Destiny et tout ce qu'elles ont enduré, particulièrement lorsqu'il a sorti le cadavre de Hope de la maison en flammes sous les yeux de Destiny, je n'y peux rien… petit à petit, mon cœur se brise en mille morceaux.

Pas pour moi, mais pour elles. Pour les enfants qu'elles n'ont jamais pu être. Pour la chance de vivre une vie normale qu'elles n'ont jamais eue.

Lachlan a passé cette dernière heure à tout me raconter. Enfin, le raconter à mon épaule. Ou au mur. Ou au plafond.

Jusqu'à ce qu'il croise enfin mon regard, et la douleur et l'angoisse que je lis dans le sien me sont presque insupportables.

– Si elle était n'importe qui d'autre, elle serait déjà morte pour ce qu'elle t'a fait. Mais je n'ai pas pu appuyer sur la gâchette. Cela fait de moi le plus grand hypocrite du monde, parce que j'ai éliminé définitivement tout un cartel pour avoir fait couler ton sang alors que c'est elle qui tirait toutes les ficelles. Elle a loué les services d'un second couteau de ce cartel pour faire le coup de feu. Ce n'était pas eux qui avaient donné l'ordre, c'était elle, et j'ai passé la semaine dernière, pendant que tu étais à l'hôpital, à tenter de réparer le mal qu'elle a causé. À cause d'elle, j'ai passé un accord avec l'autre cartel. Ils en assument la responsabilité et, en échange, ils ont le monopole de tout le trafic de drogue en ville.

Il jette un coup d'œil au plafond.

– Et, pourtant, je n'ai pas pu lui mettre une balle dans la tête, comme elle le mérite. Merde, je n'ai même pas pu ordonner à quelqu'un de le faire pour moi, parce que je ne suis…

Je lui coupe la parole.

– Pas le monstre que tu croyais être ? Parce que tu es humain.

Le regard aiguisé de Lachlan croise le mien. Il reste impassible.

– Non…

Je me lève et je contourne le bureau, je m'approche de l'homme que j'ai épousé en réalisant que, d'une certaine façon, je le connais mieux qu'il ne se connaît lui-même.

– Tu ne devrais pas…

– T'aimer ? Te dire qu'après tout ce que tu m'as raconté, moi non plus je ne pourrais pas la tuer si j'étais toi ? Parce que c'est exactement ce que je te dis.

Avec précaution, je m'assieds sur ses genoux et je passe un de ses bras autour de moi.

Il me regarde d'un air confus, sourcils froncés.

– Tu devrais vouloir sa mort après ce qu'elle t'a fait et ce qu'elle a fait à Magnolia. Et, Seigneur… toutes les autres.

Mon estomac se retourne à la pensée de tous ces cadavres dans le mausolée, mais j'enfonce le clou.

– Comment vouloir sa mort alors que tu l'as protégée toute sa vie ? Elle est comme une petite sœur pour toi. Aucun de vous n'a eu la moindre chance, dès le début. Elle est brisée, Lachlan. Mais ce n'est pas toi qui l'as brisée. C'est la vie.

– Ça ne veut pas dire qu'elle n'est pas coupable de ses actes.

Ses paroles sont presque aussi grinçantes que celles que prononcent V.

– Elle est aussi coupable que n'importe quelle folle criminelle. Son esprit ne tourne pas rond. Tu ne peux pas dire le contraire…

Il détourne le regard, mâchoires crispées.

– C'est un putain de génie, cette Destiny. Elle était première de sa classe au MIT. Je ne lui cherche pas d'excuses…

Je l'attrape par le menton et je tourne son visage vers moi.

– Alors, ce sera moi. Parce qu'elle peut être un génie toute la journée et, quand même, avoir de graves problèmes de santé mentale qu'elle s'est donné un mal de chien à te dissimuler. Elle a besoin d'aide.

Il déglutit, sa pomme d'Adam tressaute.

– Et comment puis-je l'aider ? Elle en sait trop pour que je la fasse interner dans une clinique.

– Tu es plus riche que Crésus, Lachlan, ne me dis pas que tu ne peux pas l'aider et garder tes secrets en même temps.

Il baisse la tête jusqu'à ce que son front touche le mien.

– Cela me tue de savoir ce qu'elle a fait.

– Alors, laisse-moi t'aider à te reprendre. Nous sommes une équipe. Il n'y a rien qu'on ne puisse régler.

Il soulève la tête, et quelque chose semble s'être adouci sur son visage

– Je ne suis pas digne de toi.

– Heureusement que je sais que tu as tort. Allez, maintenant, tu as des trucs à régler. Quant à moi, je dois aller travailler avant que mon père n'appelle ce putain de FBI à la rescousse.

Lachlan passe sa main dans mes cheveux et murmure doucement :

– Merci.

CHAPITRE 54

KEIRA

Trois mois plus tard

– Où allons-nous, bon sang ?

Lachlan grommelle la question à mon oreille pendant que nous gravissons les escaliers de son jet. Le jet dont j'ai ordonné qu'il soit prêt à décoller, le plein fait, pour s'envoler vers la lune de miel que j'ai organisée en secret.

Je me retourne et lui lance un sourire impertinent.

– Tu te souviens de la fois où tu ne m'as pas dit que nous allions à Dublin avant que nous soyons dans les airs ? Considère cette fois comme un juste retour des choses. Par ailleurs, grogne autant que tu veux. Je trouve ça sexy.

– Keira…

– Patience, mon époux. Patience.

Son regard me sonde, mais il ne dit rien. Je suis quasi certaine que ça doit lui demander un effort sur-humain de s'abstenir d'aller dans le cockpit exiger que le pilote lui dise où nous allons. Le pilote à qui j'ai fait jurer de garder le secret, sous peine de licenciement.

Il s'avère qu'à présent, lorsque je profère des menaces, les gens me prennent au sérieux. Cela ne veut pas dire que les deux derniers mois se sont passés sans encombre. Destiny est internée dans un endroit où elle reçoit des soins vingt-quatre heures sur vingt-quatre et une foule de conseils et de médicaments. On lui a diagnostiqué un trouble dissociatif de l'identité. Elle est également hyper-intelligente et a tenté plusieurs fois de s'échapper. Heureusement, la sécurité totale aux abords de cet endroit a permis de déjouer ses tentatives avant qu'elle n'aille trop loin.

Elle a beaucoup parlé, cela dit, y compris sur le fait qu'elle savait depuis des années que Hope est enterrée dans ce mausolée, parce qu'elle a suivi Lachlan le jour de l'anniversaire de la mort de sa sœur et qu'elle l'a vu déposer des fleurs devant la porte.

Magnolia s'est enfin réveillée, Dieu soit loué, mais elle ne se souvient plus de rien. Je pense que c'est mieux ainsi. Elle est en « congés », elle suit des séances de physiothérapie et d'ergothérapie. Elle bénéficie enfin de prestations particulières en tant que sœur de la reine.

La distillerie poursuit son petit bonhomme de chemin, elle fabrique le meilleur whiskey du pays.

Mais, j'avoue, je suis partiale. Même après l'incendie de l'entrepôt, tout n'a pas été perdu. La fumée et les flammes ont endommagé quelques tonneaux, mais mon père, avec sa longue expérience, a fait une hypothèse de génie, à savoir que la fumée et le charbon sur les barriques ajoutaient une saveur totalement différente au whiskey, dans le bon sens. Lorsque nous avons mis en bouteille les quelques barriques qui avaient correctement vieilli, leur saveur était incroyable.

C'est un alcool que nous ne pourrons sans doute jamais reproduire, et en raison de sa rareté, son prix est monté en flèche.

L'étiquette Phénix de *Seven Sinners* est maintenant l'une des plus rares et des plus chères des whiskeys sur le marché. Nous menons des expériences pour fumer et carboniser nos barriques, mais cette fois sans avoir besoin d'appeler les pompiers.

Nous avons aussi lancé le *Spirit of New Orleans* en quantité limitée, et la réponse a été énorme.

Notre projet d'extension est devenu la priorité, parce que nous avons besoin de plus de place. Dès que le projet d'agrandissement sera terminé, dans environ trois mois, nous commencerons les visites, et La Nouvelle-Orléans possédera alors une nouvelle attraction.

Maman et papa sont rentrés en Floride au bout d'un mois environ, mais avant leur départ, papa m'a dit quelque chose que j'avais attendu pendant des années. *« Je n'aurais pas pu laisser cette entreprise dans de meilleures mains. Je suis très fier de toi, Keira. Ton grand-père et son père avant lui seraient fiers de toi, eux aussi. Tu as mieux réussi que je n'aurais pu l'imaginer. Tu es l'honneur de la famille, ma fille.* »

Je n'ai toujours pas dit à mes parents que je ne porte plus le même nom ni que le caillou sur ma main n'est pas une simple bague de fiançailles. Lorsque j'ai demandé son avis à mon mari, sa réponse a été toute simple. « *Dis-leur ou pas. N'importe quand et tout ce que tu souhaites leur dire. Je m'assurerai toujours, quoi qu'il arrive, qu'ils soient en sécurité.* »

Ouais… j'y travaille encore, même si je suis quasiment sûre que mon père s'en doute. Il n'est pas stupide, et la présence constante de V à la distillerie est une preuve flagrante que quelque chose a changé du tout au tout. Mais, c'est bizarre, papa n'a pas insisté et, d'une façon ou d'une autre, il a aussi retenu ma mère de poser des questions. Je ne vis plus dans la lumière, mais Lachlan ne vit plus seulement dans l'ombre non plus. Nous avons trouvé un heureux entre-deux, et cet heureux entre-deux est en train de quitter le pays pour que nous puissions redevenir Lachlan et Keira, comme à Dublin.

Lorsque j'essaie de m'asseoir dans le siège à côté du sien, il m'attire sur ses genoux.

– Tu vas me le dire. J'exige de savoir.

– Tu exiges ? Ça semble assez sérieux. Je veux dire, vu ta réputation et tout ça.

– Bon sang, sauvageonne. Tu devrais me craindre, parce que tu es à moi.

Même si son ton est sombre et graveleux, je ne peux m'empêcher de sourire.

– Je suis à toi… humm ? Est-ce que ça signifie que mon cul t'appartient ? Ou est-ce que j'ai porté cet énorme plug anal sans raison ?

Il est choqué. Ce n'est pas une expression que je vois souvent sur son visage. Mais là, oui.

– Excuse-moi.

Je m'efforce de prendre l'air sévère.

– Je ne me répète jamais.

Son regard se met à flamboyer.

– Alors, je suppose que je vais devoir vérifier par moi-même si ce que je crois avoir entendu est vrai.

Le jet s'élance sur la piste lorsque ses lèvres s'écrasent sur les miennes. Je me tortille sur ses genoux et la chaleur que je ressens entre mes cuisses grimpe d'environ cent degrés.

Lorsque nous atteignons notre vitesse de croisière, je n'ai plus de chemisier et nous sommes tous deux entremêlés sur le canapé à l'arrière de l'avion.

– Il te faut un jet avec une chambre à coucher. Il est temps de passer dans la classe supérieure, Lachlan.

– Si je savais que j'allais tomber amoureux d'une femme qui me rendrait fou simplement en respirant, j'en aurais commandé un.

Je reste immobile lorsque les mots s'échappent de mes lèvres.

– Tu m'aimes ?

Cela fait des mois, et même si je suis certaine que Lachlan Mount m'aime, parce que c'est plus un homme d'action que de parole, j'ai tout de même envie de l'entendre me le dire.

– Mais… tu es dingue, sauvageonne ? Bien sûr que je t'aime. La pensée de t'avoir perdue a failli me tuer. Je n'avais jamais vraiment appris à aimer quelqu'un, mais tu me l'as enseigné. Tu m'as rendu incapable de ne pas t'aimer.

Je me mords la lèvre, les larmes me montent aux yeux.

– Ne pleure pas. Pas maintenant.

– Ne me dis pas ce que je dois faire, Lachlan Mount.

– Je te dirai ce que tu dois faire chaque fois que j'en aurai envie, Keira Mount. Surtout quand tu es toute nue.

La brûlure des larmes s'évapore.

– Ne me menace pas d'un bon moment.

Ses lèvres descendent sur les miennes, comme il le fait toujours.

– Dis-moi où nous allons, demande-t-il contre ma bouche.

– Non, pas encore.

– Combien de temps penses-tu pouvoir tenir pendant que je te retiens à la limite de l'orgasme ?

– Nous verrons bien.

CHAPITRE 55

MOUNT

– Je t'en supplie ! Laisse-moi jouir !

– Dis-moi.

Ma femme me mord comme un animal sauvage. Je sais qu'elle est au bord de la jouissance au vu des griffures que je sens dans mon dos… C'est fort, excitant et j'adore ça.

J'appuie contre le plug dans son cul. J'aime la façon dont elle goutte à travers lui lorsque je taquine son piercing de la langue.

– Non !

– Espèce de sauvageonne, têtue, têtue.

Je joue avec le plug.

– Je parie que, quand je vais enfoncer ma bite dans ce petit cul serré, tu vas hurler mon nom et tout ce que je veux savoir.

Elle se tourne vers moi. En réalité, je me fiche de savoir où on va, du moment que je suis avec Keira, surtout enfermé pour une lutte au corps-à-corps qui se joue à poil, c'est ce que je préfère au monde.

– Essaie.

Elle me balance ça en tentant désespérément d'atteindre l'orgasme, et je la laisse jouir parce que je ne peux rien lui refuser bien longtemps.

Quand elle crie mon nom, je suis fier qu'elle ait réussi à ne pas avouer. Avant, je n'aimais pas les surprises, mais avec Keira, tout est différent.

La vie n'est plus en noir et blanc. Elle est pleine de couleurs, et pas seulement de l'or.

– Est-ce que tu vas continuer, Lachlan, ou bien j'ai fait tout ce travail de préparation pour rien ?

Elle me défie chaque jour. Cela me maintient aux aguets et garde ma queue en érection, presque vingt-quatre heures sur vingt-quatre.

– Oh, sauvageonne, tu devrais savoir qu'il ne faut pas me chercher.

Je sors le plug de son cul et j'attrape le lubrifiant qu'elle avait planqué dans son sac. Vous ai-je dit qu'elle est aussi la femme la plus démerde que j'ai jamais rencontrée ? J'enduis mes doigts avant d'en enfoncer un dans son petit trou du cul presque vierge.

– À qui appartient ce cul ?

Son expression se fait butée.

– À moi.

J'enfonce un second doigt et j'appuie sur le bouton de commande à côté de moi.

– Réessaie !

– Ce n'est pas juste !

Sa voix grimpe d'une octave alors qu'elle se presse contre moi et que les vibrations du sex-toy dans sa chatte la font trembler des pieds à la tête.

– Je vais jouir.

– Pas avant que je me sois bien enfoncé dans ce cul qui m'appartient.

Ma femme.

Ma maîtresse.

Mon amour.

Une expression tendre éclaire son visage.

– Tu ne joues pas franc jeu.

– Je ne l'ai jamais fait. Je ne le ferai jamais. Pas quand il s'agit de toi. Maintenant, dis-moi ce que je veux entendre.

Et ses muscles se contractent.

– Je t'aime.

– Et ?

CHAPITRE 56

KEIRA

Je le jure, il gagne à chaque fois.

Mais, heureusement pour moi, quand il gagne, je gagne aussi.

Lachlan sort ses doigts et attrape la lingette humide planquée avec le lubrifiant. Parce que, même si techniquement je suis encore vierge dans ce domaine, à présent j'ai beaucoup d'expérience. Il enduit sa queue de lubrifiant et je me crispe lorsqu'il presse son gland contre mon petit trou serré.

Il ôte le vibromasseur de ma chatte et l'appuie contre mon piercing.

– Ce n'est pas juste !

Il pousse et s'enfonce juste assez pour faire vibrer mes terminaisons nerveuses de plaisir et déclencher des étincelles dans mon champ de vision.

– Dis-le-moi, dit-il en taquinant mon clito.

– Je t'appartiens.

Le triomphe illumine son regard quand il pousse à l'intérieur, et les sensations que j'éprouve me font gémir la fin de ma phrase :

– Mais toi, tu m'appartiens.

Alors qu'il insère sa bite dans mon cul, mon mari arbore un grand sourire.

– Tu as raison. Corps. Cœur. Et âme.

Il se retire puis me baise, mais je suis déjà à la limite de la jouissance.

Je jouis encore et encore, jusqu'à ce qu'il atteigne lui aussi l'extase et que nous nous fassions écho dans la cabine de l'avion. Nos cœurs battent à l'unisson, la sueur recouvre nos fronts.

– À présent, où allons-nous, bon sang ?

Je souris.

– Tu verras.

CHAPITRE 57

MOUNT

Lorsque l'avion touche la piste, Keira sort un dossier de son sac et me le tend.

– Qu'est-ce que c'est ?

– Ne te mets pas en colère.

En discernant de la prudence dans sa voix, je me tends.

– Pourquoi est-ce que je me mettrais en colère ?

– Parce que j'ai piqué ton ADN et je l'ai fait analyser sous un faux nom, relié à une boîte postale…

Je cligne des yeux deux fois de suite, en me repassant mentalement ce qu'elle vient de dire.

– Pourquoi diable as-tu fait ça ?

Je lui arrache le dossier des mains. Je n'ai jamais voulu connaître la femme qui m'a abandonné devant une église, mais je ne peux nier que je me suis toujours demandé quelles étaient mes racines, surtout après avoir vu comment se sentait Keira pendant sa visite de Dublin.

– Parce que je voulais que tu saches d'où tu venais. Je voulais pouvoir dire à nos enfants quel était leur patrimoine… des deux côtés de la famille.

– Est-ce que tu es…

– Pas encore. Mais je voudrais vraiment y penser bientôt.

Des enfants. Une famille. Des choses auxquelles je n'aurais jamais songé avant elle, mais auxquelles je pense tout le temps à présent. J'avais l'habitude d'éviter toute relation par crainte de devenir faible, mais ça ne fait plus aucun doute que c'est ma plus grande force. Elle me donne une raison pour me réveiller chaque matin et diriger mon empire avec honneur. Même si ce dernier est souillé et entamé.

J'ouvre le dossier, les résultats sont inscrits sur la première page.

73 % Italie/Grèce

– Mais alors, où sommes-nous, bon sang ?

Je lève les yeux du papier, véritablement surpris.

– En Grèce. Je me suis dit qu'on allait commencer par là et voir ce que tu en penses. Ensuite, nous irons en Sicile. Ça me semblait approprié. Et ensuite, je me suis dit que nous pourrions aller n'importe où, là où tu le désires.

– Je ne sais pas quoi dire.

– Tu n'as rien à dire. Je voulais juste t'offrir quelque chose que je pensais que tu ne t'offrirais pas toi-même. Quelque chose que tu m'as offert, la chance de voir d'où je venais.

– Je suis… littéralement sans voix.

– Eh bien, c'est parfait. Mais si jamais tu te poses la question, là d'où tu viens n'a aucune importance.. Tout ce qui compte, c'est l'homme que tu es devenu. Celui avec lequel je vais passer le restant de ma vie. Celui avec qui je vais élever mes enfants. Et un jour, l'homme qui va rencontrer mes parents, de préférence avant que nous ayons notre premier bébé.

Elle dit cela en riant, je me lève et la tire de son fauteuil.

– Ils peuvent nous rejoindre en Italie. La Grèce, c'est notre lune de miel. La présence des parents n'y est pas autorisée.

Un sourire éclaire le visage de Keira.

– Marché conclu.

ÉPILOGUE

KEIRA

Un mois plus tard - Mardi Gras

Parfois, pactiser avec le démon est la meilleure chose qui soit. Surtout lorsque vous réalisez qu'il n'a rien de démoniaque… *Sauf ce soir.*

J'arbore un sourire lorsque le sex-toy se met à vibrer en moi pendant que j'écoute le propriétaire des New Orleans Voodoo Kings vanter les qualités du whiskey *Seven Sinners*, et de son préféré, le label Phénix.

– Je suis ravie que vous l'appréciiez.

– Je vais en acheter autant qu'il est possible de le faire. Je parie que le commissaire aimerait en avoir une ou deux bouteilles. Et moi qui croyais que vous ne pourriez pas faire mieux que le *Spirit of New Orleans*.

– Je vais m'assurer qu'on vous en mette quelques bouteilles de côté, Monsieur.

– Ça me ferait très plaisir, dit-il avant d'en reprendre une gorgée.

– Si vous voulez bien m'excuser un instant, je dois aller vérifier un ou deux détails.

– Bien sûr. Vous avez organisé une sacrée soirée. Nous reviendrons avec les garçons.

Par les garçons, il veut dire toute l'équipe de football, et j'ai du mal à me retenir de crier victoire.

– Nous espérons vous revoir très vite parmi nous.

– Merci, Madame Kilgore.

Je m'éloigne et je me tends quand les vibrations se mettent à me vriller le corps.

Lachlan et moi avons failli nous battre, car il voulait totalement sécuriser l'événement. Je n'étais pas d'accord, parce que *Seven Sinner*s est mon bébé.

« *Considérant le fait que j'aimerais que tu portes mon bébé, j'ai le droit de te protéger.* »

« *Tu ferais mieux de ne pas commencer tout de suite. Je ne suis même pas encore enceinte.* »

« *Je commencerai quand bon me semblera. Tu es ma femme.* »

Notre discussion s'est envenimée, et nous avons fini par déchirer nos vêtements frénétiquement, car c'est à peu près toujours comme ça que se terminent nos engueulades. Ensuite, avec nos draps tout emmêlés autour de nous, Lachlan m'a proposé un compromis. Mes services de sécurité seraient renforcés si nécessaire par les siens, mais il ne prendrait pas le contrôle.

J'ai accepté. Mais lorsque je suis entrée dans le salon avec ma robe de soirée, il m'attendait dans son costume parfaitement bien coupé, avec la boîte noire si familière à la main.

Quand il a ouvert le couvercle, il y avait dedans un jouet noir et or, d'un aspect tout à fait innocent, mais je savais pertinemment qu'il était loin de l'être.

– Tu le mets ou c'est moi qui le ferai. Mais tu ne sors pas de cette pièce sans.

– C'est une soirée professionnelle, Lachlan.

– Tic-tac, Keira. (Il a regardé sa montre.) Il te reste quinze minutes avant que nous soyons censés partir.

J'ai grommelé, une habitude que j'ai prise de lui, et j'ai répliqué :

– Seulement si tu t'agenouilles d'abord.

J'ai posé un pied chaussé d'un stiletto sur la chaise et j'ai relevé ma robe assez haut pour qu'il puisse voir le string à paillettes que je portais dessous.

Son regard sombre s'est mis à étinceler.

– Parce que c'est toi. Avec plaisir.

– Bien entendu !

***

Trois heures ont passé et je meurs d'envie qu'il me coince dans un coin où je pourrai le supplier de me sauter. Mais avant ça, il faut que je le retrouve dans cette marée de géants qui portent tous des masques de Mardi Gras coordonnés à leurs costumes chamarrés faits sur-mesure.

Je hoche la tête et je souris. Je suis contente que mon visage soit dissimulé, ainsi personne ne peut voir mes traits quasi extatiques pendant que je passe la prochaine demi-heure à le chercher et qu'il me tourmente sans relâche.

Où diable est-il allé ? Je vais le tuer quand je le retrouverai.

V est stationné près de l'ascenseur. Il porte un masque. Il m'a demandé ce poste pour pouvoir garder un œil sur la cuisine et sur Odile. Je ne sais pas ce qui se passe entre eux, mais il est devenu très protecteur avec elle. Je suis surtout contente de voir qu'il est tout de même capable de sourire, d'autant qu'il n'a plus jamais prononcé un seul mot.

– Où est mon mari ? je lui chuchote à l'oreille.

Il fait un signe vers le bas.

– Dans mon bureau.

Il acquiesce. *Quel fils de pute !*

Je prends l'ascenseur, mais il s'arrête au rez-de-chaussée avant de descendre au sous-sol.

À la réception, Tempérance est en train de se prendre le chou avec un grand type en costume, tout en lui expliquant notre politique de confiscation des clés de voiture.

– Tu t'en sors ? je lui demande en gardant la porte de l'ascenseur ouverte.

Elle se tourne vers moi pendant que l'homme la dévisage.

– Bien sûr, patron. Il en rajoute un max, c'est tout. Ce n'est certainement pas quelque chose d'ingérable.

Le type fulmine et je suis sur le point de sortir pour désamorcer le conflit, mais le jouet se remet à vibrer. Je dois agripper la barre métallique de l'ascenseur pour pouvoir rester debout.

Je me souviens que Z est à l'extérieur, lui aussi. Je me dis alors : « Elle va très bien s'en sortir. Que peut-il lui arriver de grave ? »

J'appuie sur le bouton « FERMER LA PORTE » et je tape du pied impatiemment pendant que la porte se referme et que l'ascenseur se remet en marche.

En m'approchant de mon bureau, j'entends des pas à l'intérieur et je suis ramenée à la deuxième nuit durant laquelle Lachlan a changé ma vie. J'ouvre grand la porte et je regarde à l'intérieur la faible lumière qui éclaire mon bureau. Je murmure :

– Que voulez-vous ? Pourquoi êtes-vous ici ?

Il se lève et reboutonne sa veste de costume de ses grandes mains, son visage toujours dissimulé dans l'ombre.

– Vous avez une dette envers moi, Madame Kilgore, et je suis venu la collecter.

FIN

REMERCIEMENTS

J'ai compris que l'histoire de Mount et Keira était spéciale quand Mount m'a sauté à l'esprit en octobre 2016, et qu'il s'y est installé à demeure.

Il était exigeant. Il ordonnait. Il était vorace.

Quand finalement son tour fut venu, il a mis mon monde sens dessus dessous en déclenchant une histoire encore plus épique que celle que j'avais imaginée. Au bout de trois jours d'écriture, je savais que ça ne tiendrait jamais dans un seul volume. J'ai mis tout mon cœur et toute mon âme dans chacune des émotions brutes de ce projet, qui m'a presque détruite. Une chose est certaine… Je n'y serais pas arrivée toute seule. Chacun de mes livres nécessite un petit groupe, mais pour celui-ci, ce fut une armée.

Bien que d'habitude je le cite en dernier, il faut que je remercie mon homme incroyable, qui a su me garder en un seul morceau quand je menaçais de me briser en mille morceaux par manque de sommeil, à cause du stress de la deadline, et des rebondissements de l'intrigue la plus intense que j'ai jamais conçue. C'est mon plus grand supporter et ma plus grande force. Merci, JDW, pour tout ce que tu fais. Je t'aime tellement.

Angela Smith – Wouah. Nous avons mené à bout ce qui paraissait être une tâche impossible. Merci d'avoir été présente à chaque étape, pendant que je traçais mon chemin à travers cette histoire. Tu es réellement une femme incroyable, je suis tellement reconnaissante de t'avoir dans mon équipe et comme amie très chère.

Mon équipe JJL – Vous m'avez encouragée comme jamais, surtout Mo, à me bouger les fesses et à terminer ce livre quand je croyais que ça allait me détruire. Nous ne pourrons jamais, jamais nous séparer. Je vous adore tous.

Pam Berehulke – Comme toujours, tu es le calme dans la tempête de mon emploi du temps en permanence bouleversé. Je t'en supplie, n'arrête jamais de faire ce que tu fais pour moi. J'aime énormément travailler avec toi sur tous les projets que nous lançons. Merci mille fois pour ton attention aux détails et pour ton professionnalisme sans faille.

Danielle Sanchez – Même lorsque ma muse créative décide de perturber tous nos meilleurs plans, tu t'adaptes et tu changes ton fusil d'épaule aussi vite que moi. Merci pour ton aide, tes idées et tes encouragements.

Jamie Lynn – Je ne te remercierai jamais assez de m'avoir permis de rester saine d'esprit et d'avoir tenu la maison lorsque je descendais dans les sombres profondeurs de ma grotte d'écrivaine. Je suis tellement chanceuse de t'avoir dans mon équipe, et j'ai vraiment hâte de voir où nous allons aller ensuite !

Kim et Natasha – Merci d'être d'extraordinaires lectrices bêta et de m'avoir aidée à vérifier que l'histoire de Keira et de Mount était telle que je l'avais espérée. Votre temps est un cadeau, et je l'apprécie plus que vous ne l'imaginez.

Julie Deaton et Michelle Lim – Vous êtes les rock stars des correctrices ! Merci pour votre regard d'aigle et vos retours si incroyablement rapides !

Letitia Hassar – Lorsqu'une couverture s'est métamorphosée en trois couvertures, tu as assuré avec de splendides maquettes. Merci pour ta créativité et tes compétences.

Sarah Eirew – Merci d'avoir trouvé des images parfaites pour cette trilogie !

Composition et mise en pages
Nord Compo à Villeneuve-d'Ascq